三面記事の男と女

松本清張

角川文庫
14582

目次

たづたづし　五
危険な斜面　六三
記念に　一四三
不在宴会　一七一
密宗律仙教　二〇一
解説　郷原宏　二七七

たづたづし

1

夕闇は路たづたづし月待ちて
　行かせわが背子その間にも見む（七〇九）

この歌は奇妙にわたしの頭に印象を刻んでいる。別に『万葉集』や和歌に趣味があるのではない。たまたま本屋に寄って『万葉集』の本を開いたとき、偶然、この歌が眼にふれて頭に残ったのだ。そのときも、どのような心理で本棚に並べてある『万葉集』を手に取ったかよく分らない。それも東京ではなく、信州諏訪《すわ》の本屋だった。妙な土地で見たものだ。

この歌の意は、「月が出るまでの暗がりの路は、たどたどしくて分りにくいものです。あなた、どうか月が出るまで待って、その上でお出かけ下さい。その間にもあなたのお側にいとうございます」というのであろう。

なぜ、こんな歌がそのとき、わたしの頭に沁《し》みこんだのだろうか。

万葉の頃は、婿が女房の家に行く通婚《かよいこん》だったから、こういう情景もあったのだ。夫は昼ごろから来ていたのか、宵から通って来たか、とにかく女房と一刻を過した夫はいざわが家に帰ろうとする。歌には夕闇とあるが、もっと遅い時刻と考えてもさしつかえはなかろう。月の出が遅い晩もあるからだ。女房は何のかんのと云《い》って引き留める。夫の肩を抱き、月が出るまでここに居て下さいね、途中が危ないわ、などと云って口説いている。夫は、そうだな、とか、まあ、とか云いながら、女の情にひかされてぐずぐずしている。……そんな場面が泛《うか》ぶのだ。

　実は、このままの感情が、ついその前まで、わたしの身に降りかかっていたのである。そして、この歌を読んだ時と場所が一そうわたしに感銘を与えたのであった。

　――その女は、東京の郊外に近い所にひとりで家を借り、そこから都心の勤めに出ていた。彼女は二十四だと云った。見かけよりずっと若い。知り合いになったのは私鉄電車の中である。毎朝停留所でも一しょだったし、偶然にすし詰めの車輌《はこ》の中でも隣合せた。どこの誰とも分らなかったが、わたしたちはいつの間にか、出勤や帰りのたまのめぐり遇《あわ》せに話し合うようになった。

わたしは勤めている官庁で課長になったばかりだった。彼女の家に行ったのは、そういう心安さがかなり進展してからだった。わたしにも課長になったうれしさがあり、三十二というと、そろそろ浮気もしたくなるころである。人間は一段階上ると、何となく視野が展《ひら》けてきたような感じがするものだ。その視野の端に魅力のある未知の女がいても不思議ではあるまい。

尤《もっと》も、そのときは、あとで起るような場合を予想しなかったから、途中で他人《ひと》に見られても平気だった。誘いは彼女のほうからともなく、わたしからともなく行われた。

女はひとりだからと云って、家に帰る途中で、急いで市場に入り、牛肉などを買った。

「ちょっと待ってて下さい。買物をしますから」

「何ですか？」

「いいえ、ちょっとしたものなんです。すみません」

女はわたしを道路に待たせて、ごみごみした市場の中に入って行った。出て来たとき新聞包みを手に持っていたが、それがその晩のわたしへの御馳走《ごちそう》であった。

女は平井《ひらい》良子《よしこ》という名だった。その家は、まだ百姓家の残っている界隈《かいわい》に建っていた。隣家との間には畑があり、近所も家の密集はなかった。彼女の家はかなり古く、戦後すぐのものらしかったが、六畳二間に四畳半という間取だった。部屋の中は、女ひとりの暮らしらしくきちんと片付き、しゃれた工夫がカーテンの色や棚飾りなどにあった。

「ひとりでこんな所に居るのはもったいないな」

と、わたしは出された牛鍋《ぎゅうなべ》をつつきながら云った。

「でも、お家賃は安いのですよ」

「そうですか。しかし、アパートのほうがもっと経済で、安全なんじゃないですかね。こんな所にひとりで寝ていると不安じゃないですか？」

「慣れると平気ですわ。かえって、ごたごたした御近所があると、女ひとりでは噂されやすいんです」

良子はそれほどきれいではなかったが、まず、整ったほうだった。それに、皮膚の艶《つや》もいいし、色も白かった。

わたしが彼女の家を訪問したのは、これが一度きりだった。しかし、それは正式にという意味で、あとはわたしが忍んで行ったというのが正しい。わたしの家は、彼女の家とずっと離れた住宅街だった。駅から降りると、方向が違うのである。

　その初夜は、初めて訪ねた晩から一週間後だった。わたしは早目に済んだ宴会の帰りに、ふと彼女の家を訪れる気になり、駅からそっちの方角へ回って行った。歩いて十二、三分だから、かなりの距離ではあった。それに、彼女の家はトラックなどが通っている往還から引っ込んだ所で、角に大きな百姓家が未だに防風林に取り巻かれて残っていた。

　両方が同じような農家なので、狭い路はかなりの所まで、その木陰のために真っ暗であった。そこを抜けると、月光の道路に出た。それはまだ八時ごろだったが、近所はひっそりと雨戸を閉めて静まっていた。歩いている人も少かった。駅から降りて五、六分の所までは、いっしょに降りた人たちと歩いたが、それも次第に疎《まば》らとなり、あとはわたしがひとりになった。

　その晩、彼女は、わたしの不意の訪問を半ば予期したようにみえた。彼女は、寝巻の上に派手な羽織をはおっていた。この姿がわたしを一気に彼女に殺到させた。

　わたしたちの関係は、それでも三カ月ぐらいつづいたであろうか。彼女が或《あ》る重大な話を持ち出さなかったら、それはもっと継続されたに違いない。

しかし、その三カ月の間、わたしには愉《たの》しみだった。もとより、それは妻も知らないし、同僚もそうだった。彼女の近所でもわたしという男が通って来ていることを全然知っていなかった。

わたしは役所が五時にひけると、飲み屋に入ったり、パチンコで時間を潰《つぶ》したりして、夜の八時ごろには彼女の家に着くようにした。例によって私鉄の淋《さび》しい駅を降りると、途中までの人はばらばらと脱落し、あとはわたしだけとなる。それから、両側に百姓家のある間の路を入って暗い木の間を歩き、彼女の家の前に出る。

ついでだが、東京の郊外でも、まだこんな近くに武蔵野《むさしの》の名残りがあった。雑木林の中に百姓家の外燈がちらりと洩《も》れるのは風情のあるものである。鬱蒼《うつそう》としたトンネルのような木陰を抜けると、畑の向うに点々と人家の灯が見えた。

近所にわたしのことが知られていないというのは、なんと好都合なことであろう。このような情事で一ばん困るのは、それが他人に分ることだった。女もそれは困るだろうが、殊にわたしの場合は、せっかく出世街道を歩いている役人なので、よけいに困る。

彼女と二時間ばかり過したわたしが、いざ帰ろうとすると、女は、きまっていつももう十分、もう五分、と云って引き留めた。

「このまま、あなたとずっといっしょに居たら、どんなに仕合せかしれないわ」
と、彼女はわたしの胸にうつ伏して云った。

わたしは、自分には家庭のあること、官庁に勤めていることも女にうち明けておいた。わたしの妻の父は、役所は違うが、別な官庁の相当高い位置にいた。つまり、わたしは、自分の将来のためには今の妻と当分別れられない立場になっていた。良子と交渉ができるようになってから最も警戒したのは、彼女から結婚を強要されることだった。そのためにわたしは現在の立場を彼女によく説明し納得させておいたのである。だから、いま彼女がいっしょになりたいと云ったのは、不可能な願望を嘆いただけであった。

家庭を持って初めての情事だった。わたしは彼女の家に出かけるのに心躍らしたが、帰りは別な意味で愉しみだった。女の家を出ると、夜の田園が展がっている。月の晩は、蒼白《あおじろ》い光が一面の畑を濡《ぬ》らし、遠くの森や木立が白い靄《もや》にぼやけた。樹も葉も光って、野菜の上にもその明るさが溜《たま》っていた。昼間見ると、きっと汚ないであろう場所も、月光にきれいに霞《かす》んでいるのだった。

満月が近づくにつれて光はいよいよ強く、木立の影はいよいよ濃い。往還に出るまでかなり長い防風林の径《こみち》を行くと、その先にまた月の光が落ちている。木《こ》の下闇を抜けたり、月の下に出たり、また木立の陰を歩いたりすると、わが身がこの世のものとも思えぬくらい現実ばなれがした。

だからこそわたしは、「豊前国《ぶぜんのくに》の娘子《おとめ》大宅女《おおやけめ》の歌一首」という、この「夕闇は路たづたづし」の歌に心を惹《ひ》かれたのである。作者は「未だ姓氏を審《つまびら》かにせず」とあるから、九州の名も無い庶民の女であったに違いない。歌そのものが一つの物語となっている。しかし、わたしには、自分の経験に比べて、この歌から来る実感がひしひしと迫るのだった。

——ある晩、わたしたちに破局がきた。

2

わたしはそれまで、彼女がまだ結婚していないと信じていた。過去に恋愛があったとは想像していたが、独身であることは疑っていなかった。事実、彼女も自分に夫があるとはわたしに洩らしていなかったのである。彼女が寄せるひたむきな愛情といい、いっしょに棲《す》みたいという言葉からしてわたしは彼女がひとりであることを信じて疑わなかったのである。

ところが、その晩は、いつもの彼女とは様子が違っていた。最初から何やら物思いに沈んでいたが、愛の交渉が済んだあと、いきなり女は声を立てて泣き伏した。

どうも様子が変だとは思っていたが、この号泣に、わたしは何かあるなと直感した。日ごろの良子は、むしろ朗らかなほうで、どちらかというと、口の重いわたしが彼女に気分を引き立てられるほうだった。

「どうかしたのかね?」

わたしは、肩を震わせている良子の背中を押えた。彼女はそれでも泣きやまず、ますます激しく声を放ち、身体《からだ》をぶるぶると震わせていた。

その結果、彼女は突然、

「何とかわたしといっしょになって下さい」

と云《い》うなり、わたしの膝《ひざ》の上で泣きはじめた。

それがいつもの嘆声とは違っている。もっと突き詰めた真剣なものがあった。

「そりゃ君とこういうふうになったんだから、ぼくだって君が好きなんだ。しかし、前もって云った通り、ぼくには妻もあるし、家庭もある。それは諦《あきら》めてくれてるはずだが……」

そう云うと、彼女は、

「それは分っています。でも、どうしてもあなたといっしょになりたいの。奥さんがいらっしゃるのですから、無理なことは十分承知しています。でも、三年先でも、五年先でもいいわ。わたしと一年間だけでもいっしょに暮して下さい」

一体、どうしたんだ、と訊《き》いたが、彼女は容易に答えなかった。ただ、一年でもいっしょになってくれ、とせがむばかりだった。

わたしは、こういう女の切迫した態度に圧倒された。それと、彼女にはわたしの妻に無いものがある。愛情が深くて親切だった。役人の娘として育った冷たい妻よりも、彼女のほうがずっと女らしい暖かさを感じさせた。むろん、良子といっしょに暮したほうが、女房と暮すよりもわたしはずっと幸福なことを知っている。

わたしは遂《つい》に、期日のことは分らないが、一年ぐらいあと、何とか君の希望通りにしよう、と答えた。女は、うれしい、と叫び、わたしの身体にしがみつき、到る所に口づけした。

「ねえ、その約束をほんとに信じていますわ。間違いないでしょうね？」

彼女は泪《なみだ》で濡れた眼をじっとわたしの顔に注いだ。あまり泣いていたので、顔中が腫《は》れたように真っ赤になっていた。こんなこともわたしは初めて彼女に見たのだ。

「大丈夫だよ」

と、わたしは答えた。いや、答えざるをえなかった。おそらく、大ていの男が、こんな場合わたしと同じような返事を吐くに違いなかった。

すると、良子は初めて自分の身を明かした。それも、何を聞いてもおどろいてくれるな、とか、わたしが嫌いにならないでくれ、とか、さっきの約束を破ったら死んでしまう、とか、さんざん前置きをしてからだった。

「わたしには、実は主人がいるのです」

その言葉に、わたしは自分の耳を疑った。茫然《ぼうぜん》として女の顔と、その口もととをみつめていた。

「今まで隠していてごめんなさい。でも、あなたにはどうしても云えなかったのです。あなたが好きだからですわ。……いいえ、たとえ何でもなくても、きっとそれは云えなかったでしょう」

「その人は今どうしている？」

「おどろかないで下さいね。きっとね。そして、わたしを棄《す》てないで」

そうくどくどと念を押したあと、彼女はまた泪を流して、遂にその秘密を云った。

「主人はいま刑務所に入っているんです」

「えっ」

「そら、もう、そんなにびっくりして、変な目つきでわたしを見る！」

彼女は再びわたしの胸に顔をつけると、ぐいぐいとその身体で押してきた。

「分った。分ったよ。……で、一体、君の主人はいつ帰るんだ？」

「一週間後です。……今朝、仙台から手紙が来ました。午前十時にわたしに迎えにこいというのです」

わたしは口が利けなかった。胸の中に強い風雨が吹き荒れていた。

「で、君は行くのか？」

「仕方がありません。もし、云うことを聞かなかったら、わたしは半殺しの目に遭いますわ」

「君の夫は、一体、どういう罪名で入ったのだ？」

「恐喝傷害です」

「なに？」

「わたしは知らないで結婚したのです。仲人がいい加減なことを云ったのを信じたのがいけなかったのです。今から五年前ですわ。わたしが十九の年でした。尤《もっと》も、その頃は、夫は家業の雑貨屋をやっていましたから、わたしも仲人口を信じていたのです」

彼女は話しながら、子供のようにひくひくと声を詰らせた。

「結婚してから三ヵ月ぐらいはおとなしかったのですが、それからはときどき家を抜けて出ては夜遅く帰って来るのです。店のほうはわたしに任せきりにするようになりました。夫が博奕《ばくち》場に出入りすると知ったのは、半年ぐらいあとでしたわ。わたしはそれが分って、どんなにびっくりし、悲しんだか分りません。わたしが別れると云うと、夫は気違いのようになってわたしを殴ったり、蹴《け》ったりするのです。おれから逃げてみろ、生かしてはおかない、などと云って匕首《あいくち》を振り回していました」

「……」

「では、博奕をやめてくれ、と云うと、それもできないのです。わたしはよほど逃げ出そうかと思いましたが、夫の脅迫が怖《こわ》くて、それもできませんでした。今から考えると、勇気がなかったのですが、年齢《とし》の若かったせいか、夫の暴力がどこまでも追跡して来るようで空怖《そらおそ》ろしかったのです。いいえ、夫は本当にそんなことをしかねない男です。その証拠に、博奕のために店が人手に渡ると、生活がすさみ、博奕場の貸金を取り立てに行って相手を威《おど》かし、匕首で刺したのです……」

わたしは、自分が真っ蒼になっているのが分った。

「それからどうした？」

「五年の刑を受けて仙台の刑務所に送られました。そのとき、夫は最後の面会で云いました。おまえがおれの留守に男でもこしらえたり、よそに逃げ出したりするようなことがあったら、生かしてはおかぬ。それだけはよく性根に刻んでおけ、と……」

「その五年の刑期が来たのか？」

わたしは喘《あえ》いで訊いた。

「一年早く釈放されるようです。わたしにも思いがけない出来事です。わたしの不運は自分で作ったことながら、ほんとうに情けない気持ですわ。でも、あなたを得たから、わたしはそれでどんなに救われたか分りません。これが分って夫に殺されても、思い残すことはありません」

　わたしはまた言葉がつづかなかった。

「でも、ほんとうは、わたし、もう少し生きたいの。まだ若いんですもの。そして、一年でも、半年でも、三ヵ月でもいいわ。あなたと毎日いっしょに居られる日がほしいのです。……ねえ、わたし、一切の秘密を白状したわ。遅くなってごめんなさい。でも、今まではどうしても云《い》えなかったの。どんなに胸が詰っていたか分らないわ。ああ、これで、苦しかったけれど、身体の中の重みがいっぺんに抜けたようだわ」

　その夜の帰りの、わたしの気持のなんと憂鬱《ゆううつ》だったことか。恰度《ちょうど》、満月に近い、十三夜ころの月が出ていた。例によってあたりの田園は蒼茫《そうぼう》として淡い光にぼやけ、木立の影は墨を塗ったように径《こみち》の上を潰《つぶ》していた。木陰から月光へ、月光から木陰への、あの変化のある愉《たの》しい武蔵野の夜が、このときほど忌わしく思われたことはなかった。

　なんと自分はばかだったのだろうか。うかうかと、あの女にひきずられてここまできた。もう取り返しのつかないことになった。良子は真剣だ。自分が曖昧《あいまい》に答えた返事も本気に取っている。しかも、あの女のうしろには恐喝傷害犯という凶悪な亭主が控えている。一体、これからどうなることか。

良子は、夫の出所前に、わたしの探す隠れ家に入りたいと云った。しかし、執念深い夫は、刑務所に繋《つな》がれている間、妻が変心して行方を晦《くら》ましたとなると、必死になって追うだろう。当分は分らないにしても、いつかはその男が嗅《か》ぎつけてくる。――

良子の夫は、きっと彼女を愛していたのだろう。だからこそ、逃げたら殺す、などと云って威かし、彼女を放さなかったのだ。世間と隔絶された刑務所に永いこと拘禁されていた間のことだけに、裏切られたとなると、それこそ怒りは二重にも三重にもなるだろう。それから、良子の相手がわたしだということも分ってくる。

そうなったら、わたしの将来はどうなるのだ？　凶悪犯の前科者は、わたしを匕首で追い回すかもしれない。わたしの家にも怒鳴り込んで来るかもしれない。良子を愛すれば愛するほど、その夫は金では承知しないものを持っているに違いない。このことが女房に知れる。女房の父親に分ってくる。妻はわたしから去るだろう。もとより、気の強い女だ。

この騒動はわたしの勤めている役所に知れぬはずはない。こういうことには絶えず聞き耳を立てている連中ばかりだ。上役や同僚が少しの傷でも負えば、心の中で拍手喝采《かっさい》を送っている役人根性の奴ばかりだ。凶悪犯罪を犯した前科のある男の妻とそのような情事を犯したとなれば、わたしの出世もそれきりだ。岳父もわたしから手を退くだろう。

せっかく課長になったのに、これは何とした不運であろうか。わたしは、その夜は一睡もできないで苦しんだ。

3

わたしは、遂《つい》に彼女との未来よりも現在を択《えら》んだ。あと一週間、つまり、彼女の凶暴な夫が出所するまでに良子を処置しなければならないと決心した。

幸いなことに、まだ良子とわたしの間は誰も知っていなかった。彼女の近所の者さえ気付いていない。そのことは、わたしが良子に何度も念を押して確かめている。

駅でいっしょになったり、電車の中で話したりした初めのころのことは何でもないのだ。そんなものはありふれた情景で、誰ひとりとして注意して見ている者はなかった。殊に、満員電車の中で彼女と話を交したなど誰が知っていよう。わたしは、この条件こそ最大に活用しなければならないと思った。現在のところ、彼女の交友関係や身辺からは、わたしという人物は浮び上ってこないのである。

あとは殺害方法だが、これはいろいろなやり方が考えられた。たとえば、薬を飲ませるとか、首を絞めるとかが簡単であろう。ただ、刃物などは用いてはならない。これは今までの犯罪例で最も欠陥が多い。

良子に薬を飲ませたり、首を絞めたりするなら、その機会はいくらでもあった。彼女は、何でもわたしの云う通りになるので、青酸カリを入れたビールを飲ませるくらいは、いとやさしいことだった。また、絞殺するにしても、彼女はわたしの前に全く無防備に横たわってくれる。ただ、問題はその場所だった。

初めは、彼女の家の中にしようかと思ったが、考えてみると、これもかなり困難なことが分った。女ひとりの世帯だし、隣近所も遠いから絶好の条件のようではあるが、警察が動き出した場合、その時刻に付近を通った者を虱《しらみ》つぶしに聞き込みに回るだろう。ふだんはそうでなくとも、そんな場合は目撃者は努めて記憶を呼び戻すものだ。

あの小径は寂しいところだが、そこを出た往還は車も走っているし、疎《まば》らだが人も歩いている。あの農家の角からこういう男が出て来た、というような証言者が出ないとも限らない。

また、えてして、そういう場合には不幸な偶然が起るものだ。彼女を殺して家を出た拍子にひょっこりと前の道を歩いている人と顔を合せたという場合もあり得ないではない。こういう危険は絶対避けなければならない。

では、どうするか。——

わたしは、結局、彼女を遠い場所に連れ出して、そこで殺すほかはないと思った。そうすれば、どこの誰とも分らない犯行になるだろう。特に、そのためには、辺鄙《へんぴ》な地方に行く必要がある。

わたしはいろいろと考えた末、結局、信州にその場所を択ぶことにした。あの辺なら東京から一晩泊りぐらいで帰れるし、山も多いから適当のようである。

わたしは、長野県には多少の知識があった。学生のころ山登りをしていたから、土地の記憶があった。長野県の地図を買って来て、ひそかにその場所を調べた。

東京を朝早く発《た》って現地に着き、そこで暗くなってから彼女を殺し、その晩の汽車で帰ってこれるコースこそ、わたしの狙う第一の条件だった。旅館に泊ることは、当局の捜査があるから危険である。

山中の犯行だとすると、死体発見には少くとも二、三日は要する。都合よくいけば一週間くらいは分らないですむだろう。だから、その晩の汽車で帰って来ても、駅員や車中の客には記憶がない。だが、旅館に泊ったとなれば、宿帳はもとより、番頭や女中の記憶でわたしという人物が手繰り出される惧《おそ》れがあった。

そういうことを頭に入れて調べてみると、やはり中央沿線ということになった。汽車の時刻表その他を睨《にら》み合せると、せいぜい遠くまで行って松本市が行動の極限だった。その手前というと上諏訪《かみすわ》辺りになるが、この辺は人口が密集している上、温泉地だから東京辺りから遊びに来る人が多いのだ。これは最も避くべき状態であった。結局、わたしは富士見駅を択んだ。

小さな駅だと客が少いから、駅員の記憶に残る惧れがある。大きな駅だと東京方面からの客が多いからどんな知人に出遇うか分らない。そういう点で、富士見駅は手ごろといえた。

この駅の乗降客はそれほど多くなく、少くもない。近くには八ヶ岳があるから、あの原生林のなかに入ってしまえば、死体の発見が早急に起ることはない。それに、富士見には高原療養所やハイキングの場所もあるから、男女伴《づ》れで歩いたとしても町の人に特に注意されることはないはずだった。

わたしは、この計画を実行した。その日は日曜日であった。――犯行日を日曜日にするか、ウィークデーにするかは選択のむずかしいところだ。日曜日だと人出が予想されて危険だったが、あとで警察側に調べられたとき、普通日だったら、当然役所が欠勤になるからすぐに疑いをかけられる。わたしは休日を択《と》った。

土曜日の晩、わたしは良子の家に行って、明日は信州に遊びに行こうと誘った。これは彼女の夫が仙台の刑務所から出てくる三日前である。

むろん、彼女は喜んだ。

「だがね、東京から二人でいっしょに行くのは誰に見られるか分らないので、行きがけは別々の行動にしよう。君のほうが先に行って、富士見駅で待つのだよ。ぼくは一汽車遅れて行くからね」

彼女は、それなら別々の車輛《しゃりょう》に乗っていればいいと主張したが、用心を重ねるため、わたしの考え通りを彼女に納得させた。

あまり早く向うに行きすぎてもまずい。なぜなら、夜になるのを待ったため相当時間をつぶさなければならない、そのために二人伴れで長く歩くと、人目につきやすいからである。理想的には、二人の落合う時間は夕方のほうがいいが、それでは彼女に妙にとられそうである。

時刻表を調べて、彼女は二時半ごろに、ひと汽車遅れたわたしは四時過ぎに、それぞれ富士見駅に着くことにした。尤《もっと》も、準急はこの駅に停《と》まらないから、普通列車によるほかはない。しかし、このほうが東京から乗る直行の客が少くて、かえって安全と思った。

わたしが富士見駅に着くと、良子は待合室の隅に目立たないような恰好《かっこう》で坐《すわ》っていた。眼で合図すると、彼女は黙ってうしろから従《つ》いて来た。わざと脚を速めて、なるべく彼女との間の距離をとることにした。この気持が彼女にも分ったとみえ、急いでわたしの横に並ぶことはなかった。

わたしは西側の踏切を越えた。商店街が少くなり、家数も減った。このあたりは、茅野《ちの》の町と同じように、寒天などを造っている家もあった。

わたしは初め八ヶ岳の方向に行くつもりだったが、裾野《すその》があまりに渺茫《びょうぼう》としすぎていて、ふたりきりで歩くには、どうも注意をひきそうで仕方がなかった。そこで、急に計画を変えて反対側の西に行くことにしたのである。

しばらく行くと、路《みち》は坂にかかり、やがて白樺《しらかば》の林や、屋根に石を載せた村落が見えてきた。だが、かなり行くと、その部落も遠くに見えるだけで、前面にはまだ残雪を載せた釜無山《かまなしやま》が障壁のように聳《そび》えていた。

「少しハイキングしよう」

と、わたしは云《い》った。良子は無心に喜んでいた。

ほんとうなら、わたしはあらかじめこの土地に来て、地形の下調べをする必要があった。だが、勤め人の悲しさで、その時間がなかった。殊に、彼女の夫が仙台刑務所から出所してくると聞いたのは、つい先日だから、あとの余裕がない。それで、彼女とさものん気そうに歩きながらも、わたしの眼は絶えず適当な地形を探していた。

坂道を登りきると、そこは平坦《へいたん》な台地となって、一本の路が伸びている。また別の部落が現われた。しかし、自転車で二、三の農夫が走っている以外、歩いている人の姿はなかった。わたしはなるべく部落を避けて山のほうへ向った。急な勾配《こうばい》になる。そこは本道と離れた野路となっている。

「どこへ行くの？」

「この丘の頂上に出てみれば、きっと展望がいいに違いないよ。脚が疲れたから、どこかで休もう」

実は、そのこんもりと茂った山林がわたしの気に入ったのだ。遠くから見ると、いかにもよく茂っていて、付近の百姓以外、そこに入り込むことはなさそうに思えた。だが、そこまで登ってみると、山林は意外に疎《まば》らで、近くには畑があって、農夫が働いていた。わたしは、その丘を越えて、もう一つづきの丘陵に行かねばならなかった。恰度《ちょうど》、そのころから陽が高い山の陰に入って、あたりは早くも夕昏《ゆうぐ》れのようにうす暗くなりはじめていた。

4

四、五日の間、わたしは新聞を丹念に読み耽《ふけ》った。いつもは大きな記事だけを読んでいたのに、今度はどのような短いコミ記事までも眼をさらした。しかし、ひとりの女が行方不明になったという記事も、富士見高原の山林中で絞殺死体が発見されたという報道も見当らなかった。良子はまだ、あの白樺の林の中に、ひっそりと身を横たえているに違いなかった。

まもなく彼女の肉体は崩れはじめ、その腐汁は徐々に土の上に流れて地下に沁《し》み込んでゆくことであろう。わたしは、その崩れてゆく彼女の肉体から、白い骨が少しずつむき出されるさまを想像した。

五日経った。――

すると、わたしは別な現象を怖《おそ》れねばならなかった。良子の夫が仙台刑務所から東京に来ているからである。

彼女の夫は良子の失踪《しつそう》を知って、忿怒《ふんぬ》に燃えているに違いなかった。まさか女房が殺されているとは予想もしないだろう。獄中の留守に家出したとしか信じないはずだ。もとより、彼は妻から嫌われていることも承知していたようだから、永い留守中に妻が別な男のもとに走ったことを不自然でなく想像したであろう。わたしには、その恐喝傷害の前科を持つ男が血眼になって妻の逃げた先を捜しているのが眼に見えるようだった。

彼は近所の人に問い合せたり、良子の会社に押しかけて様子を訊《き》いたりしているに違いない。だが、どこに行っても、そこにわたしという人間が浮び上ってくるわけはなかった。良子とわたしの関係は、天地の間に誰一人として知らないことだった。このことは警察の捜査についてもいえる。つまり、被害者の周辺にはわたしという人間が存在していないのである。これでは真犯人の捜しようもあるまい。

死体発見の新聞記事と、彼が来るかもしれないという忌わしい期待とは、日数が経つにつれて次第にわたしの気持からうすれて行った。すでに良子を山林の中で絞めてから十日を過ぎている。油断はできないが、なんだか、もう大丈夫だという気がした。

わたしは毎日役所に出た。課長の椅子はまことに愉快であった。みんなは、わたしが出世コースを順調に歩くものと期待している。人の態度も違ってきた。しかし、今度は課長どうしという新しい敵ができた。だが、わたしは怯《ひる》んでいない。彼らに打ち勝つだけの自信はあった。

仕事に対する熱情と、闘志《ファイト》に恵まれているということは、何と幸福であろう。この現在をわたしは金輪際放してはならないのだ。思えば、わたしの僅《わず》かな過失は取返しのつかない破局に臨ませたものだった。いま、これからわたしは完全に逃げ切ろうとしている。

相変らず新聞にはそれらしい発見の記事は出なかった。良子の夫も現われない。

彼女の亭主がわたしの前に来ないのは当然として、良子の死体発見のことが新聞に出ないのはどうしたことだろうか。今度は、徐々にそれが気懸りになってきた。

彼女は、まだあの草むらのなかに、人の眼に触れることなく横たわっていると思うのだが、そうでない場合も考えねばならぬ。誰かが、彼女の死体を発見し、土地の警察が動いているかもしれないのだ。しかし、それは長野県の出来事だから、東京の中央紙には出ないのだろう。殺人事件としてもありふれている。

ただ、他の土地で絞殺死体が発見された場合で東京の新聞に出るのは、その被害者の身もとが東京の人間だと分ったときだ。良子の場合は、それはなかった。彼女の持物の一切から、彼女の身もとの分るようなものは、わたしが悉《ことごと》く剝《は》ぎ奪《と》っているからである。つまり、良子はどこの女とも知れないまま死体となっているのである。

わたしは夢も見なかった。一度だけ、富士見駅に降りて暗い待合室に彼女が立ち上った情景を見たことがあるが、夢はそれ以上に発展しなかった。恐怖はなかったのだ。不安も潜んでいなかったのだ。わたしは、今でもあの殺人をそれほど大げさなこととは考えていない。いわば、あの女を殺したのは自分の身を護《まも》るためだったからだ。つまらない女と引換えに、この薔薇《ばら》色に輝く将来が滅茶滅茶《めちゃめちゃ》になってはならない。

しかし、気にはかかった。その後の事件の様子が知りたいのは人間の心理である。だが、のこのことそれを確かめに富士見に出掛けるわけにはいかない。危険この上ないことだ。

わたしは一策を思いついた。課は違うが、わたしの官庁のある部署には全国の新聞が揃えられてある。地方紙は主要なものは必ず保存されていた。だが、これも用事のないわたしが、特に、長野県の新聞を貸して下さい、などと申し入れたら、係に妙に思われるに決っている。できるだけ、人に不審を与えないことだ。

遂《つい》に妙案が浮んだ。わたしは、自分の家に女中を雇いたいという広告を、ある代理店を通じて地方紙に出したが、それが掲載されているかどうかを見たいという口実を思いついたのだ。

その長野県の新聞は、今月の初めから綴《つづ》り込んであった。

わたしは、あの日曜日の翌日からの新聞を検《しら》べはじめた。無論、月曜日は出ていない。当然だ。早すぎる。火曜日にも出てなかった。順々に繰って行って、今日の日付の最後まで見たが、遂に山林中から女の死体発見、という見出しはなかった。

わたしは安心した。やはり良子は、あの土の中におのれの肉体を液体化しつつあるのだ。そのうち、それは悉く洗い流されて、白い骨だけが残るであろう。あの場所は、じめじめした地面だった。陽当りも悪い。上に一ぱい樹が茂って日光を遮っている。そういう場所は腐りが早いと聞いている。

しかし、わたしはもう一度新聞を読み直そうと思った。うっかりと見逃しているのかもしれないからである。二度目を繰った。やはり見当らない。大きな安堵《あんど》がわたしの胸を占領した。

しかし、こうして地方紙の綴りを読んでみたが、中央紙と違ってなかなか面白いものだと思った。わたしは改めて一読者の気持になり、もう一度目ぼしい記事を読みはじめた。恰度、昼休みの時間で、仕事の手もあいていた。

そのとき、ふとわたしの眼にふれた小さなコラムがあった。中央紙でもやっているが、社会面の左隅にある、くだけた囲みの記事だ。

「△三日前、上諏訪市××町の喫茶店『エルム』に現われたサービス嬢がいる。二十二、三歳くらいで、おとなしいお嬢さん（？）だ。実は、このサービス嬢は『エルム』に現われる前の記憶が全くない。

△喫茶店の主人の話によると、このお嬢さんは四日前に突然同店に訪れて、わたしをここで使って下さい、と頼みこんだという。主人がいろいろ事情を聴くと、どうやら記憶喪失症にかかっているらしい。現在自分の来た方角も分らなければ、どこから汽車に乗って来たかも知っていない。ただ、中央線の途中の駅から乗って、ふらふらと

上諏訪駅に降り、眼についた同店に飛び込んだものらしい。

△主人は、当人の記憶が蘇《よみがえ》ってくるまで、しばらく自分のうちで『保護』する、といっている。言葉は訛《なまり》のない標準語なので、多分、東京方面からと思えるが、いま、このお嬢さんには、主人がルミ子さんという仮りの名前をつけて店で使っている。

△ルミ子さんは、いま、来る客にコーヒーを出したりして、明朗なサービスぶりを発揮している。主人を頼りにしているが、ルミ子さんの記憶がいつ蘇るか、目下、付近の話題の中心となっている」

わたしは雷に打たれたようになった。

しばらくは活字から眼が離れなかった。そのくせ視覚が霞《かす》んで字がぼやけた。胸に激しい動悸《どうき》が搏《う》っている。

何ということだ。良子は生き返っていたのか。

わたしは、そんなはずはないと、自分の心に何度も云《い》い聞かせた。この手で彼女の頸《くび》に紐《ひも》を捲《ま》き、この腕の力で絞めつけたのだ。死の最期を象徴する痙攣《けいれん》もたしかに見届けている。それが生き返ったとは！

わたしは、このコラムの記事にあるルミ子という女が良子であることを疑わなかった。記憶喪失は、わたしの絞殺によるショックによって惹《ひ》き起されたのであろう。絞めたのは夜だった。おそらく、明け方の寒さと夜露のために彼女は息を吹き返したとみえる。それからふらふらと歩いて、わたしと歩いていた路を逆に戻り、富士見駅から汽車に乗ったのであろう。彼女が富士見駅まで路を間違えずに来たのは、記憶喪失ながら、どこかに微《かす》かな印象が残っていたのかもしれない。それは彼女が仮死の状態になる直前のことだからだろう。

しかし、富士見駅には来たが、彼女は上りと下りとを間違えた。いや、区別がつかなかったのだ。彼女はいい加減な切符を買い、下りに乗った。汽車は上諏訪駅に着く。この辺で乗降客の一ばん多い駅だ。彼女は、つい、つられて人のあとから降りる。だが、記憶喪失者でも現時点では普通の人間だ。彼女の困惑は、すぐその日からの生活にあったに違いない。宿屋へ女ひとりで泊るのも危険だと察したのかもしれない。女がすぐに生活のできる仕事といえば、喫茶店のサービス嬢ぐらいだ。多分、その「エルム」という喫茶店の表には「女子従業員募集」といった貼紙が出ていたのかもしれぬ。彼女は、それに眼を惹かれてふらふらと店の中に入り込んだ。——

わたしのこの推定にはほとんど誤りはなかろう。

問題は今後だ。良子が永久に記憶喪失に陥っているとは思えないからである。いつかは彼女の記憶が呼び戻される。怕《こわ》いのはそのときであった。

わたしは心臓が苦しく搏った。午後からの仕事が手につかなかった。部下から何か訊《き》かれても、極めて拙《まず》い答え方をした。事実、部下は妙な顔をした。日ごろ俊敏だと思っていた課長が、トンチンカンなことを云うと思ったに違いない。

部長にも呼ばれた。いろいろ相談を受けたが、部長はしまいには気の毒そうにわたしの顔を見て、君は疲れているね、顔色が悪い、早く家に帰ってゆっくりしたまえ、と云った。

わたしはこめかみに両手をあててあたりを見回した。わたしの席は、この課の中央にある。課長補佐や係長が、いくつにも並んだ机の列の頭にうしろ向きに坐っていた。そこから両側に多数の課員が熱心に仕事をしている。

ああ、わたしはこういう快適な地位から離れなければならないのか。

逮捕の状況が新聞に出る。しかも殺人犯だ。あらゆる人の驚愕《きょうがく》と嘲笑《ちょうしょう》とが泛《うか》んでくる。耳には、わたしをこころよからず思っている仲間の笑い声が遠雷のように轟《とどろ》いてくる。……

5

幸い、翌日は日曜日だった。妻には至急に近県に旅行する用事ができたと云って出た。

上諏訪駅に着くまで、わたしはまだ本当の決心がついていなかった。あの新聞のコラム記事は、たしかに良子と確信するが、あるいは、違うかもしれないという疑いも残っていた。疑いというよりも、むしろ希望である。だが、年齢の点といい、その店に現われた時期といい、間違いなく良子であろう。その首実検をしなければならぬ。そうなったときの第二の目的があった。むしろ、このほうが計画的なのだ。

良子の記憶が蘇る前に、彼女をその店から連れ出さなければならないのである。つまり、わたしは一つの不発爆弾を抱えているようなものだった。これが破裂したが最後、わたしの身の上は木端《こっぱ》微塵《みじん》となる。その破裂がない前に、わたしは適当にこの不発爆弾、いや、時限爆弾の処理作業を行わなければならなかった。

富士見駅を通過したとき、わたしの眼は両側の山に向けられた。そこは汽車の窓からは見えなかったが、あの地点に行くまで良子といっしょに歩いた峠道がはっきりと見えた。あのとき、もっと彼女の死を確認していたら、こんな苦労はなかったのだ。

上諏訪駅に降りた。なるほど、ここでは乗客がどやどやと降りる。わたしは、その流れのなかに入ったが、おそらく良子もこうしてふらふらとこのホームに降りたに違いなかった。改札口を出る。駅前の広場を少し迷ったが、わざわざ「エルム」の喫茶店の所在を訊くのも、あとで怪しまれそうなので見当もつけずに歩いた。上諏訪の町は駅前から南のほうへ一本通りになって、左右に繁華街が作られている。「エルム」という喫茶店を見つけるのに苦労はいらなかった。大きな本屋がある。その隣が山荘ふうな造りの「エルム」になっていた。

わたしはその前を一度素通りした。窓ガラスの反射で店内の様子は分らない。この窓ガラスはどこの喫茶店にもよくあるように三段になって開閉できるようになっている。その上段のガラスがやや外に向って開き、内側の様子がその隙間からちらちら見えた。

わたしは通りすぎてから元に引返した。このとき、ガラスの隙間から女の顔の一部が僅《わず》かに見えた。

まさしく良子だった。予想はしていたものの、わたしは動悸が高鳴りした。

やっぱりあの女は生き返っている！

——どうしたものか。

わたしの考えていた予定では、そこに入って彼女と会ってみることだった。もし彼女の記憶喪失が本当なら、彼女はわたしを見ても知らぬ顔をしているはずである。しかし、ここに一つの危険があった。それは、良子の記憶喪失がわたしの顔を見てふいに蘇ることだ。あるいは過去を取り戻しかけることである。死の衝撃で記憶を失った女だが、わたしという男は、彼女にその衝撃を与えた人間なのである。彼女の愛人だし、殺人犯なのだ。

この二つの理由で、わたしの躊躇《ちゅうちょ》はつづいた。その店の前を何度往復したかしれない。幸い、通りはひどく賑《にぎ》やかなので、同じ人間が喫茶店の前をうろうろしていても、別に目立つことはなかった。わたしは隣の本屋に入って本を立ち読みするふりをしながら、思案した。あるいは、これから実行しようとすることに勇気を求めた。

このとき、わたしは『万葉集』の本を偶然手にとったのだ。『夕闇は路たづたづし月待ちて……』の歌が眼にふれたのである。わたしは思わず、良子の家に往復したころを想ったものだった。その女がすぐ隣の喫茶店に居る。

わたしは『万葉集』を読んではいられなかった。良子を早く何とかしなければならない。

わたしはまた何度か「エルム」の前を往復した挙句、心を決めて、その店の中に入った。いらっしゃいませと男の声がした。わたしはわざと顔を伏せて隅っこのテーブルに着いた。

こわごわと眼をあげてみると、良子がカウンターから水の入ったコップを受取っていた。入って来たわたしという客に出すためである。やっぱり良子だ。着ているブラウスもそっくりだった。ただ、上に羽織ったカーディガンは、この土地に来てから買ったものだろう。彼女はうしろ向きでコップを盆に載せると、こちらに向き直り、わたしの前に運んできた。

店の中は、コーヒーを淹《い》れる白服の中年男（おそらく、これがこの店の主人であろう）と、十八、九ぐらいの女の子がいるだけだった。客は、別な隅に登山姿の青年が三人地図をひろげ話し合っているだけだった。

わたしはこのときほど胸を騒がしたことはない。良子は真っ直ぐにこっちへ来る。

わたしはそれを眼の端に入れただけで、まだ正視ができなかった。

「いらっしゃいませ」

紛れもない良子の声だ。眼の前にコップを出す。

「何にいたしましょうか？」

さんざん聞き馴《な》れている同じ声だった。わたしは勇を鼓《こ》した。

「コーヒーを下さい」

この声も彼女には聞き憶《おぼ》えがあるはずだった。事実、良子は、姿が見えなくても声だけであなたとすぐ分るわ、とよく云《い》ったものだった。

「かしこまりました」

良子は平然としてカウンターのほうに行く。顔はまだ正面から見合さなかったが、声は彼女に通じなかったのだ。

わたしは危険を予想して、今日は良子の知らない洋服で来ていた。それで彼女に識別ができないのかと思ったが、記憶喪失はどうやら本当らしいと思った。安堵《あんど》したが、まだ不安はあった。

主人はコーヒーを淹《い》れた。彼女はまたそれを運んでくる。わたしは今度こそ正面から彼女を見た。彼女もわたしを見た。息苦しい数秒間がわたしの身体を襲った。手脚がこちこちになっていた。

彼女は少しほほえんでいた。それもわたしという愛人に見せてくれていた、あの微笑だった。今にも、あなた、と呼びかけそうに思える。わたしはたじろいだ。思わずこちらから声をかけそうだった。

しかし、危うく踏みとどまった。良子は平気でわたしの前にコーヒー茶碗を置き、砂糖壺と、ミルクの入った容器をならべた。

その動作のよそよそしいことは、まさにわたしにとって驚嘆だった。これが記憶喪失というのか。いま並べている手つきといい、白い腕といい、何度となくわたしと握り合い、抱き合ったものだった。横顔も、その首筋も、胸のふくらみも、わたしが悉《ことごと》く熟知した箇所だった。

彼女は軽く頭を下げて向うに行った。それから、ミュージックボックスの傍にある椅子に腰を掛けて、そこの主人と短い話を交していた。椅子から垂らした片脚をぶらぶらさせている。わたしのほうは一度も見なかった。全く知らない客と思っているらしい。

わたしはコーヒーに手をつけるのも忘れて、茫然《ぼうぜん》と彼女のほうを見ていた。そのややうす暗いコーナーには、彼女の白い顔と、組み合せた手とがあった。カーディガンの下のブラウスも、スカートも、わたしとあの山中にいっしょに行って、わたしの身体の下でもがいていたものなのだ。

わたしはコーヒーをゆっくり喫《の》んだ。もはや、良子がわたしという人間を全く認識していないことを知った。彼女は別の若い女と小声で話していた。若いほうが話しかけると、彼女は眼もとに微笑を泛《うか》べ、しきりとうなずいていた。

なんたることだ。これは一体現実なのか。

わたしはコーヒーを喫み終ると、手をあげて彼女に合図した。彼女は素早くそれを認めてやってきたが、彼女にはわたしという人間は存在してなく、客が眼に映っているだけだった。

「すみませんが、紅茶を下さい」

わたしは多少声が震えていたようだ。

「かしこまりました」

彼女はちらりとわたしの顔を見た。わたしは瞬間呼吸《いき》を呑《の》んだが、その眼差《まなざし》は、少し怪《け》訝《げん》そうな、つまり、コーヒーにつづいて紅茶をすぐ注文する客を珍しがっているだけの表情であった。

気味の悪い話だ。彼女はわたしの前に平然と紅茶の茶碗を置いている。わたしは緊張のあまり溜息《ためいき》が出ていた。

6

わたしは彼女を何とか外に連れ出す方法はないかと思案した。そして、遂《つい》に一つの工夫を考えた。

わたしは手帳を破って走り書きをした。次に良子のほうに向って、

「すみません。ちょっと来て下さい」

と手招きした。良子は無表情で「客」の前に歩いて来た。少しも動じない顔だ。

「少し金を両替えしてくれませんか」

と、わたしは財布の中から五千円札を出した。

「かしこまりました」

良子はカウンターに行って、それを千円札五枚に替えて持って来た。そのとき、わ

たしは素早くたたんだ紙片を彼女の手の中に押し込んだ。はじめて良子の顔に人間らしい表情が出たが、それは思いがけない行動をした客に見せた単純なおどろきだけだった。

わたしはそこを出て駅のほうに向った。広場の片隅に立って煙草を喫《す》った。街角から良子が現われるのを期待した。あの紙片にはわたしはこう書いておいた。

「あなたの前歴を知っているのはぼくだけです。あなたを元の世界に返したいと思います。これに承知だったら、駅の前に立っているわたしの所へすぐに来て下さい。……但し、このことはエルムの主人夫婦には云わないで下さい。なるべく早くあなたを元の世界に返したいから、わたしといっしょに東京に行きましょう。東京こそあなたの以前の生活です」

わたしは、その文句の効果に半々の期待をかけていた。彼女はあの言葉を信じて来るだろうか。いやいや、良子は自分の記憶喪失以前の生活をどんなに知りたがっているかしれないのだ。そこに返ることをどのように願望しているか分らない。その点では、この文句に惹《ひ》かれて一度は必ずここに来ると思った。

しかし、その反面の難点がある。それは、彼女が不安を起して、このことを「エルム」の主人夫婦に報らせることだった。そうなると成功はおぼつかない。たとえここに来ても、そのマスター夫婦が介添でいては何もならないのだ。わたしは遁《に》げるほかはない。

成功か、失敗か、わたしはどきどきして立っていた。

遂に良子が来た。よく見ると、彼女ひとりだった。

それでもわたしは警戒を怠らなかった。彼女のうしろから店の者が尾行して来る場合があるからである。良子はわたしの姿を見ると、お辞儀をした。手には何も持っていなかった。もともと彼女には荷物など無かったはずだ。あのときのハンドバッグは、わたしが身許の発見をおそれて持ち去っている。

尾行がないと分ってわたしは、この賭《か》けは成功したと思った。

「あの……手紙を読みましたが、本当でしょうか？」

良子はわたしの傍に来て首をかしげた。眉《まゆ》を少し寄せている具合など、前からわたしの熟知したものだ。

「ぼくはびっくりしたんですよ」

と、わたしは他人に云《い》うように云った。

「あなたのことが出ている新聞を東京で読んだんです。ですから、もしやと思って来たのですが、やっぱりあなたでしたね？」

「まあ」

彼女は眼をいっぱいに開いた。その眼でみつめられてわたしも怯《ひる》んだ。なんだか、わたしという人間を良子が見破って演技しているような気がしてならなかった。

「では、わたしは東京に居ましたの？」

「そうです。しかも、ぼくの近所です」

「お願い。ぜひ、そこに帰して下さい」

彼女はわたしの想った以上にそれに熱心だった。

「どうしても思い出せないんですの。自分で自分が気味悪いくらい。そこに帰ったら、きっと、自分の前の生活が蘇《よみがえ》ってくると思いますわ。ぜひ、連れて行って下さい」

「そうしましょう。だが、エルムのほうはどうします？」

「今から行って、ご主人にお礼を云って、お断りして来ますわ」

「それは困る」

と、わたしは強く云った。

「なるほど、エルムの主人にはあなたも世話になったかもしれない。しかしね、わたしは、記憶喪失後の人間関係があなたに無かったほうがいいと思うのです。あなたはここではただの旅行者として通ったと思って下さい。それに時間が無い。ぼくを信用するなら、すぐにいっしょの汽車に乗りましょう」

彼女の顔の上に激しいためらいが起っていた。

「そうでしょう？　あなたが主人にそれを云う。すると、主人はそれを近所の人に云いふらすでしょう。あなたの身許が分ったとね。すると、それは忽ち《たちまち》新聞記事になる。物見高い人間がわざわざ東京まであなたを見に来るかもしれませんよ。どうです。そうなる状態が好ましくないことは分るでしょう？」

わたしが説得につとめたので、彼女もやっとうなずいた。

帰りの汽車は奇妙な道中だった。わたしは自分の手で絞めた女といっしょにここに居る。しかも、ふたりの間は他人行儀だった。彼女は遠慮がちにわたしの座席の横に竦《すく》んでいた。わたしは彼女に弁当を買って与え、茶を買って来ては飲ませた。彼女は、そのつど丁寧な礼を述べた。このとき、はっきり彼女の白い咽喉《のど》を見たが、索条のあとはなかった！

ああ、なんたることだ。わたしと良子との間は、完全に振り出しに戻ったのだ。わたしが東京郊外の駅前で彼女に話しかけ、混み合うラッシュアワーの電車の中でも言葉を交した、あのときの状態に再び戻ったのではないか。

わたしは奇妙な気分になった。彼女の顔も手も、わたしがさんざん自分の胸の中に抱いたものだが、その同じ顔が初対面の男に対しての羞恥《しゅうち》と遠慮とに満ちている。しかし、それは大そうわたしに新鮮に見えた。わたし自身でさえ彼女と愛欲生活を過し、その挙句の果てには、いま汽車の窓から見えている富士見の山で頸《くび》を絞めたことなど嘘のように思えてならなかった。

さて、今後の処置である。

実は、わたしは良子を東京の近くに連れて行って、またどこかで抹消してしまうつもりだったのである。わたしは、自分がもう一度、彼女の首を絞めたとき、その衝撃から彼女の記憶喪失が一瞬に醒《さ》めるような場面さえ想像していたのだ。が、二度目の殺人がいかに不可能であるかが、東京が次第に近づくにつれて分ってきた。わたしには、もはや、再び山中に彼女を曳《ひ》きずり回すほどの気力はなかった。が、何と云ってもわたしのおどろきは、彼女から受けた奇妙な新鮮さだった。

甲府《こうふ》近くから日が昏《く》れてきた。わたしは急に決意した。

「ここで降りましょう」

「あら？」

彼女は一瞬ぎょっとなったようにわたしの顔を見た。

「わたくしは東京に居たんじゃなかったんですか？」

「とにかく降りて下さい。それから、よく話します」

甲府駅で降りると、駅前に並んでいる温泉場の客引の云うまま、わたしは旅館までのタクシーに乗った。

あとから考えてみると、彼女がこのように唯々《いい》としてわたしの云うことを聞いたのは、どこかにわたしという人間に対する親愛の潜在意識があったのかもしれない。つまり、識別はできなくとも、彼女の意識の底には、わたしに寄せた、あの愛情が何らかのかたちで残っていたと思う。そう解釈しなければ、はじめての男（つまり、記憶喪失後の彼女にとってはそうなのだ）の云うことに唯々として従うはずはない。

——二日後、わたしは良子を川崎市内の或る目立たないアパートに置いた。

それは、これまでとは違った新しい良子の魅力にわたしが完全に捉えられたからだった。自己の前半生を喪失している女は、ただひたすらにわたしに縋《すが》りついた。だが、それは記憶喪失前の彼女とは完全に違っていた。彼女の愛情の求め方も、愛撫の反応も、生活態度も、すべて以前の良子ではなくなっていた。言葉つきも違う、動作も違う、完全によく似た別の女がわたしの前に現われていた。

わたしは彼女を棄《す》てることができなくなった。

何よりもありがたいことは、彼女はわたしの身分を知らない。わたしは名前も、勤め先も偽っていた。それで、もはや、彼女から同棲《どうせい》とか、結婚とかを迫られることはなかった。また彼女も含めて、わたしは彼女にあの忌わしい夫がいるということを考えなくてすんだ。もはや、そういった悩みを持った以前のめそめそした良子はそこに無かった。あるのは、新鮮な、生き生きとした、全く別の女だった。しかもわたしには最初の女と同じであった。断っておくが、この二度目の愛情は、彼女を殺しかけたわたしの贖罪《しょくざい》ではない。

わたしが元の、あの武蔵野の名残りのある家に彼女を戻さなかったのは、第一には、彼女の夫が戻って来ているという怖《おそ》れからだった。しかし、それだけではない。もし、彼女をあの家に戻すとなれば、永い間生活に馴染《なじ》んだ古巣がそこにある。そのために、どんなきっかけから彼女の記憶がふいと戻るかしれないからである。川崎市に移したのは、彼女の夫の追跡を逃れるためでもあったが、一つはわたしとの関係をなるべく周囲に分らせないためでもあった。

しかし、ここでは武蔵野のときとは違って、近所の眼はあった。が、それも問題ではない。わたしの身分が知れるということはまず無いであろう。ただどこかのちょっとした会社の課長クラスの人間が、愛人のもとに通って来ているくらいにしか思うまい。わたしは、そのアパートの出入りに夜を択《えら》んだ。

良子は初めのうちこそ、ここが自分の元の生活だったのかと疑った。どうしても憶えが無いというのだ。だが、その疑問も新しい恋人であるわたしへの愛情の前にはうすれてきた。

「幸福だわ」

と、彼女は云った。

「わたしの前身がどんなものであっても、もう知りたいとは思わないわ。ここに居るのは現在のわたしよ。あのどこからともなく上諏訪の町に迷い出たとき、わたしは生れたのよ。仕合せだわ。もう何も知りたくないわ。むしろ、過去の不幸な記憶を一ぱい持っているほかの人が可哀想なくらいだわ」

彼女には、当分、記憶喪失は癒《なお》らないだろう、とわたしはみた。一生、このままかもしれないとも思った。

わたしは一カ月ほど、彼女のアパートに通った。

あるとき、わたしは東北方面の視察出張から東京に帰った。すぐ、その足で川崎の良子のアパートに向った。

良子は居なくなっていた。——

7

それから二年経った。——

わたしは同僚との派閥争いに敗《ま》けた。つまらない部下の手落ちの責任を負わされ、それを口実に他の部へ左遷された。そこは地方公共団体と密接な関係のある部だった。

その年の早春、わたしは木曾《きそ》地方に出張した。土地の公共団体が経営している或る事業を視察するためだった。実のところ、こういう任務はあまり好みに合わない。出世コースから一時的でも外されたという思いは、美しい山川を見ても決して心愉《たの》しいものでなかった。だから、その視察も、いい加減なことで切り上げることにした。

喜んだのは土地の関係者で、わたしが故意に粋《すい》を利かしてくれたと思ったらしい。

「課長さん、視察のほうが案外早く済みましたから、これから福島の町の料理屋に繰り込んで、旅情を味わっていただきとうございます。……いいえ、もう、その準備も出来ておりまして、みんな手ぐすね引いてお待ちしております」

「ぼくは君たちの肴《さかな》になるわけだね？」

「課長さんはお口が悪い。だが、なかにはそういう不心得者もおるかも分りませんね。まあ、今晩は土地の芸者の正調木曾節でもお耳に入れとうございます」

視察場所と、福島の町とはかなり離れていて、車で一時間ぐらいはかかる。

木曾路は山だらけだが、谷間《たにあい》もある。谷には林道が通っている。少し広い場所には、伐《き》り出した木材が山のように積んである。

わたしの乗った車が、その辺を通りかかったときだった。ひとりの子供を負った女が、ついと自動車の横を木材置場のほうに歩いていた。そこには、この辺の人夫が寝起きしているとみえる木造小屋がいくつも建っていた。軒《のき》にはおむつなどが干してあった。

わたしは自分の眼を疑った。たしかにいま行った女は良子だった。見間違いするはずはない。現に彼女は少し歩いた所で別な女と立話をはじめている。

「ちょっと待ってくれ」

と、わたしは運転手に云った。

「どうなさったんです？」

横の団体役員が不思議そうな顔をした。

「いや、景色がいいんでね」

わたしはそうごまかしながら、話をしている良子の横顔をじっとみつめた。たしかに窶《やつ》れているが、紛れもなく彼女だった。しゃべっている口もとに特徴がある。

それよりも奇異な思いをしたのは、その背中に睡《ねむ》っている子だった。二つくらいになっているだろうか。それは濃いねんねこ半纏《ばんてん》にくるまっているので顔までは見えない。そういえば、そのねんねこ半纏といい、その下から出ている男物のズボンといい、粗末なものだった。

「あの婦人は、ここで働いている人の奥さんかね？」

と、わたしは声の震えを抑えて訊いた。

「え、どれ、あれですか？」

と、役員はわたしの横から窓のほうをのぞいた。

「ええ、そうです」

と、うなずいて、

「営林署の現場従業員の女房たちですよ」

車の停まった位置から良子の立っている所までは、ほぼ一〇〇メートルぐらい離れていた。しかし、その顔ははっきりとわたしに分る。

「こっちのほう……ほら、子供を背負っている女《ひと》ね。見たところ都会風だが、ああいうひともこっちの生れなの？」

「ああ、あの女ですか。……さすがに課長さんはお目が高いですね」

「え？」

「ご推察の通り、あの女は東京の人で、今から二年前に、こちらに夫婦で働きに来たのですよ」

「夫婦？」

「はあ。亭主のほうが頑丈な身体をしていましてね。それで山から伐り出す材木の運搬を手伝っているんです」

「……」

「人間はいいのですがね。酒を飲むとかっと逆上《のぼ》せるほうで、みんなで注意してやっているんです。それでも、近ごろは大分よくなったそうで、あの細君も苦労したでしょうね。東京から来たときは、もう子供を孕《はら》んでいましたよ」

役員はそう説明して、ふと、わたしのあまりに異様な目つきに気づいてか、

「どうかなさいましたか？」

とふしぎそうに訊いた。

「いや……こういう所にはいろいろな人が来ているもんだね」

わずかにそう云って、わたしは車を出させた。

良子は遂《つい》にわたしのほうを振り向かなかった。

わたしは二年間の疑問が、この一瞬で解けた。良子はアパートから出たが、あれはひとりで出て行ったのではなかった。あの刑務所帰りの亭主に遂に発見されていっしょに連れ出されたのだ。

——あのとき、わたしはアパートの人にも訊いてみた。しかし、良子が移転をする

ような話はしていなかった。事実、そこに移ってから買い与えた調度も、よそ行きの着物も、そのままにしてあった。晩飯も炊いたままで、食べた様子はなかった。してみると、あの亭主は夕方に彼女を訪ねて来て、そのまま連れ出したものらしい。

わたしに云いようのない感慨が湧いた。だが、次の疑問はまだ解けなかった。

良子は、まだ今も記憶喪失のままでいるのだろうか。あの亭主といっしょになってから二年間、一度も過去が蘇《よみがえ》らなかったのだろうか。もし、記憶を喪失していれば、彼女の亭主も彼女にとっては新しい男だったということになる。

すると、あの背中にいる子供は一体誰の子だろうか。

あの子が生れて一年と少し経っているのだったら、亭主の子であろう。しかし、二年前にこの土地に来たとき良子は懐妊していたというから、完全にわたしの子だ。そうだとすると、あの亭主はよくも良子を許したものだ。もともと、惚《ほ》れた女とはいいながら、よその男の子を孕んだ女房を、どうして自分の横に置いているのであろうか。

すると、あの亭主もやっぱりわたしと同じ気持を彼女に持ったのではないかと思った。つまり、同じ新鮮さを良子に感じたことだ。もとより、前から惚れた女房だ。他人の子供は持ったが、彼女を放すことはできなかった。——木曾の日昏《ひぐ》れは早い。蒼茫《そうぼう》と昏れかかる空の一角には宵の月がかかっていた。わたしは、この手で良子の頸《くび》を絞めた。彼女はわたしの手の中で死の痙攣《けいれん》をみせた。一度は殺した女だった。しかし、あのとき、すでに彼女はわたしの分身を宿していたのだ。これは彼女のわたしに対する痛烈な復讐《ふくしゅう》であろうか。わたしは、一生、自分の子供のことが心の負担になる。

貧乏な生活と、酒飲みで恐喝傷害という前科のある父親に苦しめられつづけてゆくであろう子供。——良子は、いつ、その記憶喪失から醒《さ》めていたのであろうか。

車は山峡《やまかい》を走った。役員が横でしきりに何か云ったが、わたしには聞えなかった。路《みち》は山峡の深い所では暗く、ひらけた所では月に照らされていた。車は、たどたどしくそこを進んだ。——

危険な斜面

1

西島電機株式会社調査課長秋場《あきば》文作《ぶんさく》が野関利江《のぜきりえ》と十年ぶりに偶然会ったのは、歌舞伎座のロビーだった。

そのとき、秋場文作は会社の得意先関係の客を招待していた。会社側は彼のほかにも、販売部長や技術部長、宣伝部長などがいた。いや、調査課長である彼はむしろその末席であった。

「今夜は、会長が来ているぜ」

と逸早《いちはや》く報告したのは、宣伝部長だった。

「二号さんとだ」

どれどれ、と部長連中は、開幕になってから客席の前方を眼で捜《さが》した。最前列より六つか七つ目くらいあとの、恰度《ちょうど》真ん中あたりに、特徴のある西島卓平《にしじまたくへい》の禿頭《はげあたま》が半分、後衿《うしろえり》の中に嵌《は》め込んだようにうずまっていた。西島金属工業、西島電機、西島化学工業各株式会社の会長である西島卓平はひどい猫背《ねこぜ》である。その横に豊富な髪をした女が、濃い紫色の和服を着て、抜き衿の項《うなじ》を白々と見せていた。上背《うわぜい》のありそうなことは、会長の禿頭が女の肩のあたり以上に伸びないことでも分った。女はときどき、横を向き、子供に向うようにかがみこんでは会長に話しかけていた。

「麻布《あざぶ》だよ」

と販売部長が言った。

秋場文作は、会長の西島卓平に四人の妾《めかけ》がいるのを知っていた。麻布の鳥居坂に住まわせているのがその一人である。もとは赤坂の待合《まちあい》の女中だったという。その家をよく使う西島卓平がその女中を気に入り、彼の係のようになっていたが、遂《つい》に囲ってしまったという来歴の話も聞いていた。

しかし、秋場文作は「麻布」を見たことはなかった。一課長に過ぎない彼は、ワンマンの聞え高い西島会長の私生活に近づく機会はない。それどころか、会長は一調査課長の秋場文作の顔も覚えていないに違いなかった。ときたまの大会議のときには、ならび大名《だいみよう》の涯《はて》に彼の席が与えられるくらいなものだった。会長が来ているのは、無論、今夜の客の招待とは関《かかわ》りはなかった。財界で威名を馳《は》せ、その辣腕《らつわん》をジャーナリズムでも騒がれている西島卓平が、傘下の一会社の、地方販売店主招待の席に顔を出す筈《はず》はなかった。たまたま、彼の私的な観劇に、こちらがぶっつかったに過ぎない。

挨拶《あいさつ》に行ったものかどうかとの相談が部長連の間にひそかに行われた。結局、先方はいわばお忍びであるから、大勢でぞろぞろ出るのは不適当ということになり、販売部長だけが幕間《まくあい》に代表して行った。

「会長はご機嫌だったよ。諸君によろしくとのことだった」

販売部長がすこし顔を赭《あか》らめて帰って報告した。会長のお言葉を頂戴《ちょうだい》したという、ささやかな感激は、ほかの部長達にもある程度の昂奮《こうふん》となって伝わった。

「麻布は愛嬌《あいきょう》がいいよ」

部長は会長の二号を評した。

「そうだ、四人の中で一ばんいいな。やはり苦労している」

「容貌《きりょう》は二番目だな」

宣伝部長が言った。

「しかし、一ばん若い」

技術部長が口を出した。

「あれで、いくつくらいだろう？」

「二十八、九か、三十までだな。女ざかりだ」

ここで部長たちは、七十を過ぎた会長の猫背の瘠軀《せきく》を自然に思い泛《うか》べ、共同の意味の忍び笑いをした。

秋場文作は話を挟まずに、口辺に微笑を漂わせて聞いていた。彼は、いわゆる「麻布」の愛人を知らない。知識が無いから話に加わる訳にいかないのも理由の一つだったが、課長という身分に謙遜《けんそん》して部長連の会話の中に出しゃばるのを遠慮したのだ。或は、それは彼の卑屈であった。部長と課長という階級の差別に、彼は人一倍拘泥《こうでい》していた。そのことは同時に、部長に対する強い憧憬《どうけい》であった。販売部長が、調査課長に耳打ちして、閉演後に客を連れて移るべき宴会場の手筈の問い合せを命じた。秋場文作は電話をかけるために席を立った。電話器は廊下の端にある。

用事は簡単に済んだ。舞台はあまり面白《おもしろ》くなかったので、秋場文作は煙草《タバコ》が喫《す》いたくなり、休憩室の方に歩いた。どの扉からも浄瑠璃《じようるり》の声が洩《も》れていた。

休憩室には客が三人いた。中年の男が二人、長椅子《ながいす》に身体《からだ》をすり寄せるようにして商談をしていた。秋場文作が入ってゆくと、じろりと額越しに眺め、また背をまるめて低い話をつづけた。

ひとりは女である。ソファに腰を下ろして、ジュースの赤いコップを持っていた。草履《ぞうり》をのせた緋《ひ》の絨毯《じゅうたん》とそのコップの色とは映《は》えないが、濃紫色《のうししょく》の衣裳《いしょう》の色彩は豪華な感じで照応した。

秋場文作は、はっとした。着物の色に眼の記憶がある。豊かな黒い髪のもり上りが、それを確固とした。禿頭の猫背の横に坐《すわ》っていた女だった。会長の「麻布」である。あわてて秋場文作は踵《きびす》を返そうとした。同席するのを懼《おそ》れたのである。二号と雖《いえど》も、会長の雲の上のような権威に繋《つな》がっている。秋場文作は地位や生活を支配する権威にはおそれを抱いている男だった。女が顔を上げて彼を見た。表情に変化を示したのは女の方が先だった。コップを落しそうにして身体を宙に浮かせた。たしかにジュースの何滴かは刎《は》ねて絨毯を濡《ぬ》らした。眼は大きくなり、唇《くちびる》が半開きになった。

「吉野さん……」

と会長の二号は呼んだ。吉野は秋場文作の旧姓である。

「利江《りえ》さんだったか」

秋場文作は啞然《あぜん》として、十年前に何度かの交渉をもった女を見つめた。すぐには実感がこなかった。眼と唇の特徴に一昔前の記憶が掘り返され、それを導入部として忽《たちま》ちさまざまな追憶がひろがって行った。当時、この女は新宿《しんじゅく》裏のあるバーの女給だった。若い身体に、すぐ皺《しわ》のよる安もののワンピースを着ていた。それを最初に脱がせたのは、自分だと秋場文作は信じていた。

その粗末なワンピースと、現在、目の前の白衿をのぞかせた濃紫色の豪勢な衣裳とには連繫《れんけい》の説明がなかった。説明のないのは、秋場文作と野関利江とのその後の途絶であり、時間の隔絶であった。断層のある十年ぶりの再会であった。十年間、秋場文作は野関利江を思ってみたこともなかったのだ。断層は同時に、野関利江が西島卓平の妾になっていたことであり、秋場文作が西島卓平の経営する会社の一課長になっていたことであった。十年間の隔絶がそれだけの変化を遂げさせ、皮肉な対照となって現れていた。

「吉野さん、ちっともお変りはないのね。そりゃ、前よりずっとお立派《りっぱ》だけれど」

昔の女は、なつかしい眼つきをして秋場文作を見上げた。

「君も——」

と言いかけて秋場文作は唾《つば》をのみ込んだ。

「いや、あなたも、きれいで立派ですよ。見違えるようです」

野関利江は恥《はず》かしそうに少し顔を伏せた。その嬌態《しな》にも堂々たる色気が出ていた。

秋場文作は気圧《けお》された。

「僕は、あなたを先刻からお見かけしましたよ」

彼は、すこし逆上《のぼ》せ、昔の女に敬語をつかった。

「あら」

野関利江は顔をあげて眼をまた見開いた。

「客席です。うちの会長とご一しょでしたね」

それは女に身分を自ら語らせまいとする心遣《こころづか》いであり、同時に、うちの会長という一語で、現在、彼女に連繋をもっている環境の説明でもあった。いや、この方に重点をおいていた。野関利江は、果して、それを聞くとびっくりした表情になった。

「僕は、いま、西島電機の調査課長をしています」

秋場文作は急いで言った。頭を思わず下げた。昔の女にではない。会長の愛人に対して自然におじぎをしたのだ。

「まあ」

「よろしくお願いします」

真面目《まじめ》に、また頭を下げた。この女の肩に権威の炎が背光のように立ち昇っていた。

「いやですわ。そんなことを仰言《おっしゃ》って……」

女は満更《まんざら》でもない顔をし、いくらか鷹揚《おうよう》に、いくらかあわてて昔の男を制した。

「でも、おどろきましたわ。会長の会社にいらっしゃるなんて」

会長という女の呼び方に、特別な語感があるように聞こえた。同じ単語だが、秋場文作が言えば敬虔《けいけん》であり、彼女が言えば、うちわの狎《な》れた愛称であった。秋場文作はそれにも身分の相違を感じた。

「一度ごゆっくり、お話ししたいんですけれど」

野関利江は、上気した顔色をし、あたりに眼を配ってそわそわして言った。

「今、気分が悪いからといって、抜けて来たんです。会長がすぐに呼ぶに違いありませんわ」

「どうぞ、どうぞ」

秋場文作はあわてて言った。腰をかがめたものだった。まるで猫背の会長がそこに入ってくるような錯覚をおぼえた。野関利江はソファから起ち上った。が、何を思ったのか、帯の間から小型の手帳を出すと、鉛筆で走り書きし、それを破った。

「さようなら」

野関利江は口で小さく言って、素早く、その紙片を秋場文作の掌《てのひら》の中におしこめた。それから足をはやめて廊下の方に出た。秋場文作はひとりになると、掌の中の紙片を指でひろげてみた。

「(48) 32……」

数字だけが走り書きしてあった。(48)は赤坂の局番である。野関利江は麻布の自宅の電話番号を教えたのであった。秋場文作は、突然、彼女からドアの鍵《かぎ》をうけとった気持になった。

2

秋場文作と野関利江との、ひそかな交渉がはじまったのは、このようなことからであったが、それはほぼ一年近くつづいた。二人の十年間の断層は急速に水平となり、一分の隙《すき》もないくらいに密着した。それは十年の空白をとり戻すような勢いで、ある静けさの中に、激しく進んだ。

この静けさというのは、無論他人の眼にうつらないという意味である。実際、誰ひとりとして、両人の関係を知らなかった。秋場文作は要心深い性質だった。古手官吏の家に養子に行き、妻が一か月あまり入院した期間に覚えた女遊びで、以後も、情事の秘密を保つ要領を会得《えとく》してしまっていた。養子という環境も、たしかに彼の秘匿的な性格を伸ばしていたようである。しかし、野関利江との交渉の秘密は、尋常ではなく重大であった。彼女は、も早、彼の昔の女ではなかった。彼の勤める会社の経営者の愛人であった。それも、ただの経営者ではなく、西島卓平といえば、今や財界の惑星であり、その傘下にある数社に君臨する独裁者であり、さらにその旺盛《おうせい》な事業欲は次々と新しい企画に手を出していた。西島卓平についての伝説的な逸話は、たびたびマスコミにのって世間に伝達されたが、それは彼の七十を超《こ》した老齢と、事業欲にみる精力との不似合から起った。挿話は、大てい、そのような不平衡のおかしみから生れるらしい。彼は朝が早い。午前中は、翼下の数社の幹部を召集して、企画会議を開き、一時間午睡《ひるね》し、午後は各社や各工場を廻り、夜は政治家や事業家に会い、深夜まで四軒の妾宅《しょうたく》を巡回するという話であった。

が、そのような興味的な挿話は外部のことで、西島卓平は、その主要事業下の、西島金属、西島電機、西島化学工業の各会社の重役や社員にとって、神のような存在であった。むろん、人格的な意味ではなく、その倨傲《きょごう》な絶対的威厳においてであった。各社の社長さえも、まるで給仕のように非人格的に怒鳴られ、会長が来る、というとその前触れだけでも、忽ち社内は結氷したように緊張するのであった。だから、秋場文作が野関利江と秘密な関係をもったことは、普通の場合とは比較にならない重大な危険があった。野関利江は、かれの曾《かつ》ての情人でもなければ、平凡な他人の女房でもなかった。会長という絶対権力者の所有物であった。それを偸《ぬす》んでいる彼は、獅子《しし》の餌を掠《かす》めている鼠にひとしい。発見されたら一搏《ひとう》ちで生命を絶たれる。三十七歳の彼は、ともかく、その年齢にふさわしい収入と生活があったが、発覚は、その喪失《そうしつ》と、人生の顚落《てんらく》に接着していた。

そのような危険を冒してまで、秋場文作が野関利江と交渉をもったのは、なにも彼女の肉体に執着したわけではなかった。それなら、彼はもっと面白い女をほかに知っていたし、その女との関係も絶っていなかったから、それで充分に飽食していた。十年昔に知った野関利江の身体は、ただそのことだけについていえば、彼にははるかに新鮮さも魅力も失っていた。秋場文作は、出世したい男であった。重役、部長、課長、平社員といった順序が人生の階段として絶えず彼の意識に梯形《ていけい》の影を落していた。その傾斜のどの位置に自分がいるか、他の人間が彼の上にいるか下にいるか、誰が一段上に片足をかけているか、常に昆虫の触覚のように心を働かしていた。

手近かな可能性からいうと、秋場文作は早く部長になりたかった。部長になると、ともかく幹部であった。課長では、平社員に毛の生えた程度にすぎない。彼のかねての夢は、会長宅の毎朝の企画会議に参加できる身分になることであった。彼は自分に実力があると思っていた。やらせてくれたら、誰にも負けないのだ。発想も、実行力も自信がある。ただ、会長の眼の届かないところに、彼は置かれているから、認めてもらえる機会がないのである。まず、会長に存在を知られる機会が必要であった。それには、会長宅の有名な企画会議に参加できる資格を獲得することだった。いかなる手段を用いても、早く部長になりたかった。

野関利江と交渉をもった意義は、彼の夢を現実へ急速に近づけたことであった。それ以外の意味は何もない。つまり、利江を通じて、秋場文作の名を会長に吹き込み、認識させるのである。勿論《もちろん》、それにも非常な危険が含まれていた。たとえば、会長は、そのことで自分の二号と秋場文作の関係に疑念を起すかもしれないのである。あまり野関利江が秋場文作の名を強調しても悪く、薄い印象でも悪く、その度合が微妙なのである。

「大丈夫よ」

野関利江は秋場文作と二人だけの時、男の頭の下に、その腕を敷きながら言った。

「私だって、そのへんは心得てるわ。あなたのことは死んだ兄の友だちだと言っておいたの。小さいときに知っていたけれど、この間、偶然に街《まち》で遇《あ》って、西島電機にいるって聞いてびっくりしたと言っておいたわ。これからも、折をみて、ときどき昔話するの」

「あんまり言いすぎると、勘繰《かんぐ》られるぞ」

秋場文作は女の頬《ほお》を柔く撫《な》でながら注意した。

「心配しなくてもいいわ。いつもは言わないの。それを言うときは、場合があるのよ」

「どんな場合だね？」

「ある場合よ」

野関利江は顔を男の胸に押しつけて忍び笑いをした。

「ああ、そうか」

秋場文作は納得《なっとく》した。西島卓平の秘事については、彼は野関利江からうち明けられていた。それによると、会長は世間で買い被《かぶ》るほどの体力は無く、やはり七十をすぎた老人であることが分った。ただ、西島卓平は、老いた身体《からだ》に負担をかけずに、その望むところを執拗《しつよう》な方法で求めているということであった。老人は、青草のような臭いを飲み、柔い魚肉のような部分の手触りに時間をかけ、若返りを注入しているというのだ。

「それが嫌らしいくらい長い時間なのよ。でも、そのあとは、とてもご機嫌がいいの」

ある場合とは、その時のことに違いなかった。秋場文作は、封建時代、殿さまに閨《ねや》で請願する愛妾《あいしょう》を連想した。ただにお家騒動の講談とは限らない。彼は野関利江による己の夢の実現を信じた。西島卓平の独裁的な地位と、その事業会社との関係が、すでに講談的要素であった。秋場文作は、野関利江という昔の女に再会して以来、急に世の中が面白くなった。人生の退屈が一どきにけしとんだ。希望が生れ、野心が起きた。実現は不可能ではなく、歩いている地面のように近づいて来そうだった。格別な苦労も、その手段には付随しなかった。ただ、人に知られないように要心して野関利江と会えばよかった。彼女の欲望を満足させ、愛情をつなぎとめ、それを道具に利用すれば足りるのである。新鮮さと魅力が減退したとはいえ、やはり女の身体を抱くことは、そのときだけの歓楽があった。それに、これには一文の費用もかけずに済むのである。会長の妾《めかけ》は金持であった。このようなうまい話がほかにあろうか。他人に言えないだけに秋場文作は、肚《はら》の中で一笑《ひとわら》いした。野関利江は旺盛だった。無理もないことだと秋場文作は考えた。七十歳の会長は、摂取するだけで、彼女に与えないのである。いや、少しは与えているかもしれないが、それは正常ではなく、稀《き》薄《はく》であった。彼女にとっては遮断《しゃだん》された状態の方がむしろましであったかもしれない。少し与えられていることが、かえって余計に飢餓感を増大しているに違いなかった。

「君は、僕とこうなる前、会長にかくれてほかに男をもたなかったかい？」

疲労がきたとき、秋場文作は野関利江の足を払いながら訊《き》いた。

女は、顔を男の頰にすりつけて無邪気に首をふった。

「無いわ」

息が頬を吹いた。

「あなただけよ」

会長の二号になって野関利江は三年であった。三年間の残酷な不満を、いま秋場文作に充《み》たそうとしているのであった。

「よく、耐えたね？」

「仕方がないわ」

野関利江は、ため息をはいた。

「でも、これから、あなたを得たから、いいのよ」

彼女は手を男の頸《くび》に捲《ま》いた。

「しかしね、しかしね、これは絶対にかくさなきゃいけないぜ。会長に知れたら忽《たちま》ち馘《くび》だからね。あしたから路頭に迷わなければいけない」

秋場文作は軽口めかして念を押した。遇うたびに、一度か二度は、必ず説き聞かせる戒めだった。

「いいわ。そうなったら、どうせ私も追払われるから、またどこかのバーに働きに出て、あなたひとりぐらいは食べさせるわ」

冗談じゃない、こんな女と心中して堪《たま》るものかと、秋場文作は腹の中で吠《ほ》えた。西島卓平の妾だから利用価値があるのだ。それを失ったら、何があろう。

「おいおい。駄目だよ、そんなことを言っちゃ。それよりも、秘密を守って、今の状態で永つづきした方がいいだろう。これは固く守ってくれ。それに、僕は、もう少し、会社でえらくなりたいからね。親父《おやじ》さんの方は頼むよ」

秋場文作は女の耳に口をつけて注文した。

3

秘密は、厳重に守られた。そのことに遺漏《いろう》はなかった。

野関利江の家は麻布の高台にあった。三年前に新築された和風のやさしい家屋だった。建坪二十二坪で、こぢんまりとしている。庭がその五倍に広い。ビロウドのような芝生でうずまり、石と樹木が配置してある、富裕な中流住宅であった。野関利江と二人の女中がいる。秋場文作は、さり気なくこの近所を通りかかった恰好《かっこう》で、それを観察しはしたが、西島卓平がいないと分っても決してこの家を訪問したことはなかった。また(48)32……の電話番号は知らされたが、最初の一回だけで、以後は一度も、その受話器に自分の声を流したことはなかった。だから、女中は知らないのである。媾曳《あいびき》は火曜日と金曜日の午後六時と決めていた。野関利江は旅館から九時までに家に帰ればいい。西島卓平が野関利江のところに来るのは大てい週に一度で、それも十時以後であった。事業に熱中して多忙な彼は休養旅行に出かけることもないのであった。火曜日と金曜日の両人の出会いは正確に守られた。秋場文作は、一年間を通じ、最初の一回だけ野関利江に電話連絡したにすぎない。それも電話口に彼女が待っていた。

　野関利江も秋場文作を呼ぶために社に電話することは絶対に禁じられていた。もし、一方のどちらかが、当日故障が起った場合、相手は旅館で一時間待って帰ることにしていた。それが都合の悪い信号であった。出会いの場所は場末の目立たないところで、いつも決まっている三軒の家を巡回した。この慎しみ深さと警戒は、一年間、誰にも知られずに済んで成功した。野関利江はときに迂遠《うえん》な方法に不満を鳴らしたけれど、秋場文作はいつもそれをたしなめていた。それが破綻《はたん》をみせずに済んだと彼は信じていた。

　成功といえば、もう一つ大切なことが成就した。秋場文作は西島電機株式会社の調査部長となったのである。待望の階段を一つ、彼は首尾よく上ったのであった。会長邸の朝の企画会議に秋場文作が初めて出席をゆるされたとき、御前会議のようないかめしさに彼はびっくりした。禿頭《はげあたま》で猫背の西島卓平は、その末席に子会社の新部長が来ていることなど、一顧《いっこ》もしなかった。広間の真ん中の大きな机の前に坐《すわ》った会長は、ひとりでプランをしゃべり、数字をよみ上げ、左右にいならんでいる各会社の重役たちを叱った。彼が雄弁をふるい、叱咤《しった》するときには、禿げた頭の先まで赭《あか》くなり、眼が獣のように光った。会議ではなく、会長の怒号を聴く会であった。社長も重役も、抵抗を失っていた。

秋場文作は、このすさまじい会長が、実は野関利江の青臭い匂いを咽喉《のど》の中にのみ込んでいるかと思うと、瞬間的だが、自分が会長の横にならんでいるような錯覚を覚えた。会長は何ごとも秋場文作について知っていなかった。事業の見通しには明るいかもしれないが、自分の妾の行跡《ぎょうせき》については無知だった。彼の光った眼は、一度も秋場文作を上座から凝視しない。部長の辞令をもらった直後、秋場文作は野関利江に、はじめて頭を畳につけて礼を述べた。彼女に愉悦《ゆえつ》を与えた報酬としては、勿体《もったい》ないくらい高価だった。こちらの貰《もら》う利潤が大きい。

「よかったわ」

秋場文作の報告と、礼を聞いて、野関利江は抱きついた。

「やっぱり、じいさん、覚えていたのね。私には何も言わないけれど」

その言葉には多少の誇らしさがあり、その奥に西島卓平との生活の響きがこもっていた。秋場文作は少しも嫉妬《しっと》を感じなかった。野関利江は器具である。器具に感情を動かすのは愚かであり、もっと利用すべきであった。彼には次の目標が立っていた。西島事業のうち、電機会社は傍流であり、子会社の感じである。主力は何といっても金属産業であった。主流に移らなければ出世は望めないのである。彼は西島電機から西島金属に横辷《よこすべ》りを狙っていた。あれほど待望した会長邸の会議出席も、子会社の一部長では一顧も与えられないことを知ったのであった。

しかし、これほど要心深く秘密を守りつづけたが、秋場文作の予想もしない所から破綻が生れた。それは外的な条件からではなく、内側からの崩壊であった。秋場文作は、野関利江を器具と考えたが、野関利江は秋場文作を恋人と考えている誤差からであった。野関利江の彼に対する愛情が一年の終りごろからひどく積極的になりはじめた。彼女の凝視する眼が異《ちが》ってきた。瞳に粘《ねば》い光が纏《まつ》わり、強烈となった。

「このままの生活では、やり切れないわ」

と彼女は秋場文作にしがみついて言った。

「ねえ、会長のところから遁《に》げたいわ。あなたの手に縋《すが》りたいの」

野関利江は泪《なみだ》を流し、胸と手とを慄《ふる》わせていた。それは、秋場文作の全部を望んでいる女の欲求であった。不足のない生活を与えてくれたが、彼女は七十の老人の嫌らしい玩弄《がんろう》にその皮膚を投げ出す永遠の義務があった。皺《しわ》だらけの指と、醜い唇の這《は》いずりにくらべ、秋場文作は成熟した男性の技巧と余裕をもっていた。野関利江は当初、或は西島卓平の死を待っていたかもしれない。主人の死後、妾《めかけ》はかなりの慰労金を貰う慣習があるのだ。彼女はその金額を推定し、それを資本になにか商売でもはじめる設計を胸にたたんで、西島卓平の玩弄に辛抱していたに違いない。

しかし、西島卓平は、容易に死にそうもなかった。彼が枯れて死ぬまで、あと何年かかるか分らなかった。そのときになったら、この麻布の家も土地も彼女のものになるに相違ない。数年の生活を支うるに足る金もくれるだろう。が、それは、同時に彼女の肉体が老いることであった。秋場文作への惑溺《わくでき》は、老いて捨てられる前に、彼の愛情にとびこんで、それをつないでおきたい欲望の表われとなった。

「無茶をいっちゃ駄目だよ」

秋場文作は狼狽《ろうばい》した。彼が器具としか考えなかった女は、感情を沸騰《ふっとう》させて彼に逼《せま》ってきた。これは危機だった。

「いま、そんなことを言い出しても困るじゃないか。もう少し時期を待ってくれ」

彼は両の掌《て》で抑えるように慰撫《いぶ》した。

「待つって、いつまでよ？」

「そうだな。あと一年」

「いやよ」

女は、本能で秋場文作の当てのなさを見抜いていた。

「それまで待てないわ」

女は眼の中に、油を入れたようにぎらぎらさせて返答した。

このようないさかいは、以後の媾曳《あいびき》のたびに次第に激しくなっていった。秋場文作の慰撫も、宥和《ゆうわ》も、威嚇《いかく》も、だんだん効果がなくなり、女は聞き分けのない狂人になりかかっていた。

秋場文作は腹を立てた。出世のために使っていた器具が勝手なことを言い出したのだ。彼は、あまりに野関利江に愉悦を与えすぎたのであろうか。それは愛情ではなく、性愛であった。それだけに女は秋場文作の血をよろこび、体内に潤って充《み》ちてくる男の生理に疲労に近い満足を味わっているのであった。西島卓平からは何も得られはしない。枯れて弱々しいものが哀れに彷徨《ほうこう》しているに過ぎない。

秋場文作は、腹を立てているうちはまだ救いがあったが、危機がせまったことを感じると、土下座《どげざ》するに近い気持で野関利江に頼みこんだ。女が原始的になると、それをとどめようとする男も原始的になった。いまや、野関利江は、彼を顚落《てんらく》させる器具になっていた。彼の期待に反抗し、彼自身の利己的な愛情のために、彼を陥し入れようとしているのであった。女は西島卓平から離れても自殺ではないが、秋場文作にとっては人生から葬られることであった。この年齢になって失業したら、絶対に浮び上れるところはない。現在は彼なりに一応の成功であった。野関利江が以前のままの器具であったら、彼はもっと出世に利用するつもりだったが、彼に反逆し、危険な道具と化した今は、ひたすら現状の立場を防衛するほかはなかった。

ある金曜日の宵《よい》、野関利江は寝ながら秋場文作の手を握って自分の裸の腹の上に当てた。

「分る？」

と彼に言った。意地悪い、謎のような微笑が唇にあった。

女の腹は、爬虫類《はちゆうるい》の腹のように薄気味悪い弾力と柔さをもっていた。

「ここよ」

と女は一か所の上に男の手を押えつけた。掌には、ごろごろするような感触が、柔軟な皮膚の下から起きた。それは別段な変化ではなかったが、女のしぐさに特別な意味があった。秋場文作は顔色を変えた。

「三月のはじめにかかっているのよ」

と野関利江は勝ち誇ったように言った。

「来月になったら、会長から暇をとるわ。あなたが何と言っても、わたし絶対に生むわ」

この女なら、絶対にその通りにしそうであった。女は燐《りん》のように眼を光らせて、男の反応をうかがった。秋場文作の頭の中には、あらゆる破局の場面が渦巻いた。餌を偸《ぬす》まれた獅子《しし》の怒り、失業、女房の狂乱、貧乏、風呂《ふろ》敷包《しきづつ》みをかかえて、執拗《しつよう》に彼により添って歩いてくる野関利江、蕭条《しようじよう》とした日ぐれの光線の中の風景……地獄の空想は際限がなかった。

現在でも、破綻《はたん》がなんどき来るか分らなかった。彼が細心の注意で工夫した秘密の保持を、女の方が破ろうとしていた。社にも電話を三度かけてきた。

「もう、会長や他人に分ってもいいじゃないの。かえって、その方が覚悟が出来ていいわ」

女のその無知な本能のために、破滅の中に突入しようとしていた。そのことに快感を覚え、煮え切らない、臆病《おくびょう》な男をひきずり込もうとしているのかも分らなかった。

男というものは、絶えず急な斜面に立っている。爪を立てて、上にのぼって行くか、下に顚落するかである。不安定な位置だった。社会の、あらゆる階層の大ていの男がそうだった。秋場文作は、野関利江によって、将来の登攀《とうはん》を考えていたが、それに望みを失うと、せめて顚落を防ぐために、この厄介な重量を身体《からだ》から切り放さなければならなかった。彼は、その方法を考えはじめた。幸い、まだ誰も彼と野関利江の関係に気づいた者はなかった。秘密の糸は、危くそこまでつづいていた。

4

二月の半ば、秋場文作は野関利江を家出させた。野関利江は西島卓平が来た晩、母親が病気だから山形《やまがた》の実家に帰りたい、と申し出て納得《なっとく》させ、見舞金と旅費と小遣いとをもらった。原始的な愛情のために破滅的となった女の心理を、秋場文作は応用した。毒を以て毒を制せ、である。

「アパートを借りたからね。しばらく、そこで辛抱してくれ。そのうち、必ず女房と別れて一しょになるよ。なに、養子だからとび出すのは簡単だ」

秋場文作は、半分、自暴を装って野関利江に言った。

「ただ、その時期まで、君とこうなっている関係は外部にかくしておきたい。いいね。僕は失業したら、君を養うことも、自ら食ってゆくこともできないのだ。会長と君との間は自然なかたちで解消するのだ。いま、知れたら忽《たちま》ち馘《くび》だからね。あくまで秘密でゆこう」

「当分、食ってゆくだけの金ならあるわ」

野関利江は銀行通帳を見せた。西島卓平の手当てを貯蓄した金であった。普通の別れ方だったら、西島卓平から住んでいる家と手切金とが貰《もら》える筈《はず》であった。死別だったら、遺言でもっと沢山《たくさん》な分け前が貰えるかもしれない。女はそれを犠牲にしてとび出してきたのだ。秋場文作に密着したいため、熱情的に強請した勢いから、あとにはひけなかった。切実な後悔がくるのは、ずっと後のことであろう。その破滅的な心理に、秋場文作は誘い出しの罠《わな》をしかけた。場末の、アパートの一室を借りうけ、秋場文作は野関利江をそこに置いた。その付近に西島電機、西島金属、西島化学の社員たちが住んでいるかどうかを、社員名簿で調べ上げた結果であった。

家出の日は、うすら寒かった。冬仕度の野関利江は、濃紫色のシールのオーバーに、紫色のドスキンのスーツをきて、多少の手廻り品をトランクにつめて出てきた。紫色の好きな女である。ナイロンの下着まで、夢のように淡い紫色がついていた。

秋場文作は、毎晩、野関利江のもとに通うことを約束して、その新しい部屋に彼女と最初に一しょに入った。野関利江が妊娠《にんしん》したことは彼女の嘘と分ったけれど、それは秋場文作にはもう問題ではなかった――。

野関利江の失踪《しっそう》が西島卓平に分ったのは、家出の日から二週間後であった。五、六日の予定がすぎても、彼女から何の音沙汰《おとさた》もなかった。山形の実家に問い合せさせると、母親が病気という事実はなく、彼女も来ていないことが分った。野関利江が自発的に家出したのか、或は他人の作為の加わった失踪であるのか、西島卓平はしばらく迷ったらしかった。持ち出したものを調べると、身の廻りの品だけである。銀行預金通帳が無かったが、銀行で訊《き》き合せると、引き出した形跡はなかった。家出の日は二月十五日だった。

「これは犯罪の匂いがするでしょうか？」

西島卓平の意をうけた秘書が、警視庁の係りに会って内密に訊いた。

「さあ」

捜査課の係主任は首をかたむけた。

「とにかく、家出人捜索願いというやつを書いて出して下さい。それとは別に、私の方でも調べてみます」

「会長は、利江さんが特別な事情で、たとえば、利江さんに内密な恋人が出来て出奔したというのだったら、いい恥さらしだと言っています。それを大へん気に病んでいるんですが、しかし、誰かの手で誘い出されたとか、或はその結果、もっと悪い犯罪の犠牲になっているのだったら、早く届けなければいけない、とも言っています」

秘書がそう述べると、係主任は、それは早く言って来られた方がよかった、と言った。捜査一課では、捜索願いによる手配を全国にした一方、係主任が秘書を立ち会わせて、麻布の野関利江の家を調べた。

　手がかりになるような書いたものは何もなかった。冬のオーバーとスーツの外出着と、多少の着更えだけが、その身の廻りの品も冬のものばかりだった。二月十五日といえば、一か月もすると、そろそろ春の服装だった。春の衣服は全部そのままに箪笥《たんす》の中にあった。尤《もっと》も、当人は五、六日、山形の田舎《いなか》に帰ってくるといって出たのだから、それを正直にうけとると、不自然ではないが、もし、本人が家出のつもりだったら春のものも少しは用意して行く筈であった。

　銀行預金は、銀行の台帳では、二百七十万円ばかり残高があった。この通帳を野関利江は持って出ているのだが、引き出されてはいなかった。失踪は、金を目当ての犯罪とも思われず、愛欲関係としか考えられなかった。この点を主任は女中二人について突込んで訊いた。

「何でも正直に言って下さい。奥さんは、もうこの家には帰らないだろうからね。だから、気兼ねせずに、何ごともかくさずに言って欲しいのです」

主任はまずこう言って、

「奥さんは、外出は頻繁《ひんぱん》だったかね？」

と質問をはじめた。

「はい、割合に多い方でございました。一週間に三日ぐらいはお出かけでございました」

「そりゃ、多い方だな。それで用事は何だね？」

「銀座にお出かけになって、食事や買物が多うございました。ときには、映画をごらんに行かれました。映画はお好きのようでした」

「ほう、なるほどね。それで、帰りは遅いのかね」

「いいえ、大てい九時までにはお帰りになりました。旦那《だんな》さまが十時ごろにお見えになりますから」

西島卓平が来るまでに間に合うよう野関利江は帰宅していた。この点に主任は興味をもった。

「外から、奥さんに男の声で電話はかからなかったかね？」

二人の女中は顔を見合せたように、しばらく黙っていたが、主任が何でも正直に言わなければいけない、と言ったものだから、年上の女中から答えだした。

「はい、それはありました」

「どういうことでかかるの？」

「私どもが出ますと、奥さんを呼んで下さい、と仰言《おつしや》るだけです」

「それは、何人くらい？」

「いつも決まった方の声で、おひとりだけです」

「声で年齢の想像がつくだろう。いくつくらい？」

「さあ、二十五、六くらいの方かと思います」

「若い人だな？」

主任は注意をとめた。

「その電話に奥さんが出られると、どんな話をしていたかね？」

「私たちは大てい遠慮して、電話のある所からはなれます」

「それは行儀のほかに、奥さんが聞かれるのを嫌がるから、という意味もあるかね？」

「はい、そういうお気持は奥さまにあったように思います」

「つまり、それは相手と内緒ごとのような電話だな？」

二人の女中は、それを否定しなかった。

「相手の名前は何というのかね？」

「大田《おおた》とご自分では仰言っていました」

主任は手帳に書きとめた。

「それは、いつごろからかかってくるようになったの？」

「さあ、もう二年くらい前からでしょうか」

「え、二年も前から？」

「はい、そのくらいにはなると思います」

「奥さんの話の様子はどうだったかね、君たちのうち、どちらか、少しは聞いたことがあるだろう？」

「はい、はじめのころは、奥さまも親しそうに話していらっしゃいましたが、あとになると、だんだんに気むずかしそうになりました。大田様からと電話の取次をいたしましても、留守《るす》だと言ってくれ、とお断わりになることもありました。すると先方は、どこに行ったか、としつこく行先を訊かれるので困ってしまうことがございました」

「奥さんの方から先方に、その大田さんという人に電話をかける様子はなかったかね？」

「それはありませんでした」

「もう一度、訊くけど、その声は、たしかに二十五、六くらいの男の声だったんだね」

二人の女中は、揃ってそうだと肯定した。主任は入念にそれらを手帳に書きとめていた。

5

沼田《ぬまた》仁一《じんいち》が、麻布の野関利江の家に電話をかけて、彼女から来たはがきの通信文の事実を確かめたのは、二月十五日に野関利江が家を出た一週間あとであった。

「大田ですが、奥さんを呼んで下さい」

沼田仁一は(48)32……の信号が鳴るのを耳を澄ませて聴き、それが歇《や》み、聞き覚えの女中の声が出ると、いつものような文句と声を送った。

「奥さまはいらっしゃいません」

丁寧だが、女中の声は尖《とが》っていた。女中までが無愛想になったのは、半年前からであった。

「どこに行かれたのですか？」

「山形の方です」

「いつごろ、帰られるのです？」

それには返辞がなく先方で電話を切った。沼田仁一は腹を立てたが、先方の言うことは実際に違いない、居留守をつかっているのではないと思った。彼は電話のあるところから席に戻り、のみかけの冷《さ》めたコーヒーをやけに咽喉《のど》に入れた。うす暗い間接照明の中にレコードが鳴っていた。タンゴ曲でアルフレッド・ハウゼの「碧空《あおぞら》」であった。曾《かつ》ては、この狭い卓の向い側に野関利江が坐《すわ》り、同じ音楽を聴いたものであった。沼田仁一はポケットから野関利江から来たはがきをとり出した。何度も出し入れしているので紙皺《かみじわ》がよっていた。消印の日付は二月十五日になっている。

「事情があって、麻布の家を出て、別な土地で暮します。家には山形の実家に帰ると言ってありますが、もうあの家には戻りません。私のことは諦《あきら》めて、探さないで下さい。幸福なご結婚を祈ります」

野関利江から来た最後の通信であった。愛のあとをなつかしむ文句は、どこにもなかった。

野関利江は何処《どこ》に姿をかくしたのであろうと、沼田仁一は卓に片肘《かたひじ》ついて長い髪をかき上げながら考えた。眼が澄み、鼻筋がきれいに通り、蒼白《あおじろ》い顔色の中に、唇だけが紅《あか》い男であった。二十五歳だが、美青年だから、もっと若く見えた。

たしかに野関利江には情人が出来た、と沼田仁一は直感し、その確信を深めていた。自分の存在と同様に、今度も彼女は旦那の西島卓平には隠しているのであろう。違うのは、沼田仁一にも秘密にしていることだった。今度、決行した家出も、その情人と一しょだと思っている。

その情人は彼よりは、ずっと年上のように思われた。恐らく野関利江よりは上であろう。三十五、六か、もっと上か。その推測に根拠はあった。その男は堂々たる体格をし、中年の厚みと落ちつきを身に備えているに違いなかった。沼田仁一の耳から離れない一つの名前があった。それは野関利江が、沼田仁一の肉体を抱き、ある陶酔のさ中に不用意に叫んだ一語だった。

「ヨシノさん」

彼女は眉《まゆ》をしかめ、吐息の間に言葉を発した。それからぎょっとしたように、眼を開き、間近かにある沼田仁一の顔を凝視した。沼田仁一の耳はそれを聞き遁《のが》さなかった。彼は両手を解き、その名を詰問した。

「あら、田舎《いなか》の妹の名よ。ヨシノというの。おかしいわね、こんなときにそんな名前が出るなんて」

彼女は自分で不思議そうな顔をした。

「長いこと遇《あ》わないから、どうしているかしらと考えているので、つい、無意識に出ちゃったのね」

それからおかしそうに声立てて笑った。ヨシノというのは女の名前かもしれない。しかし、吉野という男の姓だってある。抱擁のとき、妹の名を呼ぶ者があろうか。沼田仁一は、それを信じないで、「吉野」という男の名を信じた。

「ばかね」

野関利江は、その後も、沼田仁一の詰問のたびに一笑に付した。

「そんな男とのつき合いがあるもんですか」

「しかし、奥さんには、たしかに僕のほかに愛人が出来ましたよ。僕には、分ります」

「あら、どうして？」

「いや、分ります。奥さんは僕に冷たくなった」

沼田仁一は、この年上の他人の二号に限りない嫉妬《しっと》を感じて泣き出した。その横たわって静止している身体《からだ》を揺さぶり、頭を胸の下に押しつけ、甘えた。

「そんな人、いないわよ」

と野関利江は諭《さと》すようにいつも言った。

「あなただけよ。でもあんまりこうして私を呼び出すのは嫌よ。執拗《しつこ》いのは、きらい。恋愛感情には、もっと余裕《ゆとり》が欲しいわ」

野関利江は若すぎる沼田仁一に憫《あわ》れむような眼をむけて言った。

そのときの野関利江の瞳は、たしかに秋場文作と比較している眼であった。眼の前にいる青年は秋場文作より一年前に現れた情人であった。若い沼田仁一はある会社の事務員で、音楽好きだった。絶えずほの暗い喫茶店に入り、長い指を顎《あご》にあて、眼を閉じてレコードに聴き入っている。繊細だが、蒼白い情熱のようなものを身体の底に沈めていた。秋場文作は途中から現れたのだ。比較がそのときから野関利江にはじまった。沼田仁一は、たしかに若すぎる。その長身で痩《や》せた身体と同じように、頼りなく、もの足りなかった。

野関利江が、はじめて沼田仁一に会ったのは秋の宵《よい》であった。その時分は彼女は全く旦那《だんな》の西島卓平以外に男はなかった。男の資格は全く老衰していたが、やはり西島卓平は男とよぶより仕方がないだろう。しかし、与えられるものが無い男であった。女に不満と飢餓感だけを残し、高級車で去って行く男であった。寂寥《せきりょう》を紛《まぎ》らすために、野関利江は、その晩、赤坂に行き、喫茶店でコーヒーをのんだ。若い人が沢山《たくさん》いた。音楽が鳴り青春が立ち昇っている。野関利江は、そこで自由を味わい、雰囲気《ふんいき》に浸った。孤独な麻布の家ではないものだった。

そこに沼田仁一が瞑想《めいそう》しながら、腕をくみ椅子に凭《よ》っていた。野関利江は彼と口を利き、鳴っているレコードの講釈を聞いた。口調《くちょう》は若々しく、芸術的だった。そして彼が好きだというラフマニノフのピアノ協奏曲のように情熱的で甘美であった。野関利江は、五つ年下のこの青年を愛するようになった。七十歳を超した西島卓平の哀れな枯渇とは、まるで対極的である。青年らしく、ひたむきで直線的な燃え方だった。野関利江は若々しい血を得た。沼田仁一を野関利江はたしかに愛した。だが、水平的な愛し方ではなかった。愛してはいるが、相手から平等な愛の手応《てごた》えは返ってこなかった。つまり野関利江の愛は仁恵的《じんけいてき》であった。

沼田仁一は何でもよく気がついた。年上の女に年少者らしい心遣いをみせ、コートを脱がせるのも、スーツの背中に廻り、チャックを滑らせて開くのも、脚《あし》に密着した薄い皮膚のようなナイロンの沓下《くつした》を脱《と》るのも、すべて甲斐甲斐《かいがい》しく世話をした。野関利江にとってその親切はたしかに魅力で新鮮だった。曾てこのような男を知らない。彼女が今まで会った男は悉《ことごと》く彼女に一方的な奉仕を求めるものばかりだった。

沼田仁一の方は、その奉仕のしぐさに昂奮《こうふん》を感じているのであった。年上の女がこのように威厳をもち、成熟し、量感があることを知らなかった。彼は野関利江から一つ一つ眼を開けさせられた。彼は無恥《むち》を習い、歓喜の何であるかを教えられた。彼以下の若い女からは決して得られないものだった。それに金銭的な享受もあった。野関利江は費用の悉《ことごと》くを支払ってくれ、帰りには彼の財布を出させて金を補充してくれた。若い女と遇う場合は彼だけが浪費しなければならなかった。

沼田仁一は野関利江に若い魂を奪われてしまった。情熱はとめどもなく滾《たぎ》り、抑制も躊躇《ちゅうちょ》もなかった。一日でも会わないと、すぐに電話をかけたくなった。一週間に二度邂逅《かいこう》するところを三度に強要した。その余裕の無い執拗《しつよう》さが、実に徐々に野関利江に息苦しさを感じさせ、単調さを覚えさせているのを、沼田仁一は知らなかった。

秋場文作は途中で出現したが、野関利江は彼から初めて求めるものを得た。中年の彼は悠揚《ゆうよう》として逼《せま》らない余裕があり、円熟した密度があった。野関利江は、沼田仁一を少しずつ捨てながら、秋場文作の充足の中に身を溶け込まして行った。例えば、火曜日と金曜日とは、絶対に秋場文作のために費《つか》い、沼田仁一を抛《ほう》り出した。

6

秋場文作に野関利江が燃え旺《さか》っている最中が、沼田仁一の冷遇されている時期であった。夜の八時以後の電話は西島卓平が来ていることを考えて野関利江から絶対に禁じられているので、さすがに控えたが、沼田仁一が何度電話をかけても、野関利江は留守《るす》のことが多かった。その中には、明らかに虚偽の留守もあった。

沼田仁一は自分が捨てられていることを悟り、同時に女に情人が出来ていることを直感した。野関利江をそれほどまでに溶かすのは、彼女より必ず年上の男であろうと考え、若い沼田仁一は見えぬ男に敗北感と憎悪《ぞうお》を起した。

その男は「ヨシノ」という姓であると、沼田仁一は信じて疑わぬようになった。

「ばかね」

と野関利江は嗤《わら》っているけれど、彼にはその推測に次第に確信がもててきた。

だが、それはどういう男だろう。麻布の高台の家に孤立した生活をしている野関利江の周囲からそれを発見することはできなかった。彼女の家には、男性は誰も訪ねて行かず、彼女が男連れで出ることもないようだった。彼が、これ以外に考えようがないと思ったのは、旦那の西島卓平の会社の社員であった。一見奇矯《ききょう》のようであるが、それよりほかに線の引きようがなかった。会長の愛人を偸《ぬす》む社員を考えるのは不合理のようだが、事実はとも角として、彼女と西島卓平の二つの点しかないとしたら、西島卓平から派生している円周を探すほかはないのである。

沼田仁一は西島卓平が経営している各会社の社員名簿を、たまたま西島電機の文書課に勤めている学校の同期生から借りた。

「そんなものを見て、どうするんだい？」

学校友達の小橋《こばし》という男が訊《き》いた。

「ちょっと心当りの人を探しているんだ」

沼田仁一は言い訳をした。

「そうそう、君の社に吉野という人がいるかい？」

「吉野？」

小橋は首を捻《ひね》ったが、

「知らないね。僕は文書課だから、そういう名の人がいると記憶にあるんだが、憶《おぼ》えがないね。西島系統のよその社員かもしれないよ。その名簿には嘱託まで載っている筈《はず》だ」

「そうか、有難う」

しかし、沼田仁一は各社の社員名簿を丹念に見たけれど、吉野という姓は珍しいらしく同類は少なかった。それを一々拾ってみると、大阪や福岡の支店にいたり、年齢が彼以下に若かったり、どうも、それと思われるものがなかった。では、あれは、やっぱりヨシノという女の名前であろうか。いやいや、そうではない、必ず男の姓だ。野関利江があのときに発した一語は、感動による神経の錯覚である。或は習慣である。すると、沼田仁一には相手が彼女を自分より遥《はる》かに陶酔させ、もっと頻繁《ひんぱん》に媾曳《あいびき》している情人のように思われた。

沼田仁一は神経が尖《とが》り、苛々《いらいら》して、勤めの仕事も、ろくろく手につかなかった。妄想《もうそう》と嫉妬《しっと》に虐《さいな》まれ、顔色はいよいよ蒼白《あおじろ》くなり、心臓が、走っているときのように、絶えずどきどきと鳴った。野関利江の愛情が彼から水のひくように減退し、枯渇してゆく。そのぶんだけ、他の男に向って豊饒《ほうじょう》に流れ込み、溢《あふ》れ、渦巻いているのだ。よし、どうしても突きとめずには置かないぞと思った。

沼田仁一は野関利江の麻布の家の前に屈んだり、彷徨《ほうこう》したりして、彼女が外出するときを狙い、尾行を企てたこともたびたびだった。しかし、野関利江は、いつも女中にタクシーを呼ばせ、家の前から走って行くのである。この近所は流しの車が通るのが少く、沼田仁一があとをつける術《すべ》もなかった。また、野関利江の外出がいつとも分らないので、タクシーを傭《やと》って付近に待っていることも出来ず、それだけの資力も無かった。会社に出勤しているから、時間の制約もあった。結局、彼の張り込みも、尾行も、彼女が家から出て来なかったり、留守のようだったり、家の前から車で走り去られたりして、こみ上げる憤りに、ひとりで血を逆流させるばかりであった。

野関利江が沼田仁一を煩《うる》さがり、冷却しつつあったとき、彼女は一片のはがきをくれて、実際に遁走《とんそう》してしまったのだ。も早、沼田仁一の眼の届かないところに野関利江はひそんでしまった。私のあとを探すな、とはがきには書いてある。探しても無駄だ、ともとれるし、このままにしてくれという哀願ともとれる。野関利江が情人のところに走り、何処《どこ》かの家の下で生活していることは明瞭《めいりょう》であった。しかし、それを探す手がかりはなかった。都内かもしれないし、地方かもしれなかった。

季節が移った。冬が終り、春になった。桜が咲き、人を集めたあと、きたならしく地面に花弁を捨てた。その上に静かな雨が降り、その雨は降るごとに暖い気候を呼んだ。四月の半ばがすぎて、秋場文作は、単独で九州の福岡支店に出張を命ぜられた。それは、仕事の上で、前から彼がしきりに建策していたことであり、それがようやく認められて上役に容《い》れられたのであった。出張は二日後に決った。

「今日だったな」

当日が来て、秋場文作が出張の挨拶《あいさつ》に行くと、上役は言った。それが四月十九日であった。上役は秋場文作の持ってきた出張予定表に判を捺《お》して眺め、

「ほほう、筑紫《つくし》にしたんだね」

と呟《つぶや》いた。

東京発、博多《はかた》行急行「筑紫」は、二十一時三十分、博多着は翌日の十九時十八分で、秋場文作の字はその通りに書いてあった。

「博多は初めてかね？」

「はあ」

「水たきの本場だ。何という家だったかな、海の見えるところに建っている料理屋で食ったことがあるがね。景色《けしき》がいいし、うまかった。どうせ、支店で歓迎会をするだろうから、水たきを腹がだぶだぶになるくらい食わせられるよ」

上役の前を秋場文作は丁寧な微笑で退《さが》った。

その晩、東京駅では部下の主任級が三、四人、見送ってくれた。夜の九時三十分なら、彼らは汽車が出たあと、銀座裏にでも流れるに違いない。彼らは部長の見送りを口実にしていた。

発車するまでの時間を、彼らはホームで雑談した。慌《あわただ》しい周囲の旅客の空気で、彼らは軽く昂奮《こうふん》していた。

「会長は、近ごろは機嫌が悪いそうだな」

と主任のひとりが同僚に言った。

「機嫌はいつも悪いが、このごろはひどいそうだ。麻布に逃げられて、こたえたのだろう」

皆は笑った。野関利江が二か月前に失踪《しっそう》したことは、ひそかに知れ渡っていた。野関利江に若い恋人が出来て、駆落《かけお》ちしたのであるという皆の推測は一致していた。秋場文作は、その話が出るたびに、知らぬ顔をしながら聴き耳を立てたものだった。今も、彼はこれから乗る特二の車輛《しゃりょう》を背にして立ち、煙草をふかしてあらぬ方を眺め、部下の話し声に注意していた。

「部長はご存知ないですか?」

ひとりが言った。

「何が?」

「会長の機嫌です。朝の企画会議には会長邸にいらっしゃるんでしょう?」

「僕らにはよく分らないね。何しろ、遥か末席だからね。言葉もかけて貰《もら》えない」

秋場文作は避けたように答えた。実際、会議のときの西島卓平の怒号はいつものことだからよく分らなかった。野関利江が失踪して以来の、西島卓平の変化に、最も注意して観察しているのは秋場文作だったが、末席から窺《うかが》っても、七十歳台の会長の顔は、相変らず、事業と新企画と営業成績に熱中しているとしか思えなかった。秋場文作は感嘆し、同時にひそかに安心した。

「麻布の相手は、女より年下の若い男だそうだ」

社内の事情通をもって任じている薄い毛の男が言った。

「僕は、麻布の女中のひとりからこっそり聞いたのだ。二十五、六くらいの若い男の声で、たびたび、電話がかかって来ていたそうだよ。それで警察では、その男が麻布の利江さんの相手だろうと見当をつけているらしい」

秋場文作は、顔で平気を装い、聴覚を鋭くした。

「へえ、何で警察がそんなことを調べるのか？」

ほかの者がきいた。

「そりゃ、やっぱり会長も心配だからね。捜索願いも出してあるらしい。それから利江さんの失踪はただの家出でないかもしれない、つまり何処かで殺されているのではないかという線も考えたのだろうね」

聞いている皆の眼が輝いたとき、発車のベルが鳴った。秋場文作は立っている位置から動いた。

「じゃ、皆さん、どうも遅い時間に済みませんでした。行って参ります」

皆は一どきに乱れておじぎをし、行ってらっしゃい、とか、ご苦労さま、とか口々に言った。

秋場文作の姿は、明るい照明の下で、特二の白いカバアの座席におさまり、窓越しに見送り人たちに手を振った。列車が去ったあと、見送り人たちは空虚な気特になんとなく浸り、それを埋めるために銀座へ向って行った。

7

季節がそれからも変った。陽《ひ》が眩《まぶ》しくなり、強烈になって道路の舗装を溶かした。それから長い夏が疲れかけてきた。九月の半ばになって、最初の台風が九州の北を過ぎたことが新聞に出ていた。それから二、三日して、同じ新聞に三段ぬきでこのような記事が現れていた。

「九月十六日の朝、山口県豊浦《とようら》郡××村の山林中で、台風被害状況を見廻っていた同村のAさんが倒木によって地割れした中から女の足が出ているのを発見、直ちに所轄署に届け出た。検屍《けんし》すると、死体は部分的に白骨化し、冬物のオーバーやスーツを着ている。死後推定七、八か月以上経過し、絞殺された痕《あと》がある、遺留品の銀行貯金通帳によって、身元は東京都港区麻布××、無職野関利江さん（三一）と判明した。野関さんは本年二月半ばごろ自宅から出たまま消息を断ったもので、かねて捜索願いが出ていた。現場は山陰本線吉見駅付近の山林で滅多《めった》に人の行かぬ所だった。これによって、野関さんは犯人と共に二月ごろ東京を出発、吉見に来て、山林に誘い込まれ、犯人に絞殺され、穴埋めされたとみられている。原因について警視庁で調べているが、野関さんの自宅に二十五、六歳くらいの大田と名乗る若い男の声で、たびたび電話がかかってきていた事実があり。痴情関係でこの男が犯人ではないかとみられ、警視庁では電話の声の『大田』という青年を捜索している」

沼田仁一は、仰天してこの記事を読んだ。野関利江が、二月の家出直後に誰かに殺された事実もそうだが、いつの間にか彼が犯人にされてしまっていることを発見した。非常な衝撃が沼田仁一を襲った。死後七、八か月経過といえば、野関利江から、あのはがきが来てすぐである。彼女は、新しい情人と、何処かにひそんでいるとばかり思っていたのに、実は本州の西の涯《はて》、山口県の山林中で絞殺され、地の中に埋められて横たわっていたのであった。

沼田仁一は、今にも警視庁の手が、彼の身辺に輪を圧縮して迫ってくるような気がして戦慄《せんりつ》した。連行、訊問《じんもん》、野関利江との情事の暴露、それは結局、不快で煩瑣《はんさ》な長い時間の末、無罪ではあるが、会社の上役の蔑視《べっし》、同僚の嘲笑《ちょうしょう》の的となるのである。そのことは、悪くすると、馘首《かくしゅ》につながるかも分らない。沼田仁一は、思い切って警視庁に出頭して、事情を説明しようかと思ったが、結果は大同小異であると気づいた。それに、電話の声と、「大田」という偽名だけでは捜索の手がかりにならないだろう。これは出て行くより、いっそ安全な状態の中に跼《ひそ》んでいるのがいいと思った。

しかし、彼以外に、もう一人、安全な場所にかくれている者がいる。彼こそ野関利江の首をしめた真犯人であった。野関利江の愛情を彼から奪い、彼を捨てさせた男だった。大そう利口《りこう》な男のようである。電話を彼女の自宅に決してかけていない。媾曳《あいびき》の方法は、極めて巧妙に打ち合せをし、秘密の中に野関利江を存分な歓喜の中に浸らせていたようだった。経験をつんだ中年男で、脂肪の厚みのついた胸幅の広い身体の持主である。彼が野関利江に交渉をもちはじめたのは、恐らく一年前であろう。そのころ、野関利江の沼田仁一に対する愛情が減退の兆《きざし》を示しはじめていた。一年間、相手の男は、誰にも姿を見せず、誰にも気づかれずに野関利江を拉致《らち》して殺してしまった。

　が、その男の隠れた正体は一部分だけちらりと覗《のぞ》いている。それを口走ったのは野関利江だった。「ヨシノさん」と叫んだ呼び方に実感がこもっていた。野関利江の愛を掠奪《りゃくだつ》した揚句《あげく》、その生命を絶ったのは「ヨシノ」である。どこにいる男であろう。自分が考えもつかない環境にいた人間であろうか。沼田仁一は、蒼白い顔に汗を浮べ、眼を光らせて考えこんだ。しかし、野関利江の生活のつながりには西島卓平しかいない。やはり、西島卓平から出ている錯綜《さくそう》した線上に、それを求むべきであろうか。

　が、西島事業の各会社の社員名簿の中に、ヨシノに当てはまる漢字は無かった。

　九月の終りごろになったが、新聞には野関利江を殺害した犯人が判ったとも逮捕されたともいう報道はなかった。沼田仁一は急に別な新聞を二つとりはじめた。結婚の季節が近づいたことを新聞は報じはじめ、婦人欄には花嫁衣裳《いしょう》のことやら、挙式の費用のことを書いた記事が現れてきた。沼田仁一は漠然《ばくぜん》とそれを読んだ。彼にはまだ先の現実である。期待した記事を捜した揚句に眼に映ったまでだった。

　沼田仁一は、バスに乗って出勤したが、花嫁衣裳の記事が、頭に泛《うか》び出た。彼はとび上った。連想があることに衝《つ》き当ったのである。彼は遅刻を覚悟して、西島電機の文書課員をしている友だちに会いに行った。友だちは受付に出て来た。それを離れたところに連れて行き、沼田仁一はせき込んで訊《き》いた。

「おい、君、社員に養子は多いのかい？」

「そりゃ、あるだろう」

「養子に行けば姓名が変ってくるが、君のところで養子に行く前の旧姓が分るかい」

「それは少し厄介だ。保存の社員身分の記録簿を一々、見なければならんからな」

文書課の友だちは浮かぬ顔をした。

が、その翌日になって、その友だちは社用の電話を使わず、公衆電話から依頼の返事を知らせてくれた。

「おい、やっと判ったよ」

「そうか、何という人だね？」

「何を調べているか知らんが、こんなことは社外秘だからな。あんまり人にしゃべっちゃ困るよ」

「分ったよ、大丈夫、誰にも言わない。それで、その人は何という人かね？」

沼田仁一は期待で胸が高鳴った。

「それはね、調査部長の秋場文作という人だ。結婚前の旧姓が吉野となっている。つまり、養子だな」

「調査部長か」

沼田仁一は直感というか、どうもその辺の地位が当っているような気がした。彼は、秋場文作の漢字を一つ一つ訊いて手帳に書いた。

「その秋場さんというのは、どんな人かね？」

沼田仁一は、はずむ息を整えながら訊いた。

「仕事の出来る人だ。まだ四十にならないがね。去年の秋、課長から部長になった人だ。評判がいいらしい」

去年の秋？　沼田仁一の記憶では、それは野関利江が急激に冷えてゆくのが、はっきり分ったころであった。そのとき部長になったというのも意味ありげである。

「君」

沼田仁一はつづいて頼んだ。

「僕に一度、その秋場さんという人をそれとなく、見せてもらえないかね。廊下の硝《ガラ》子《ス》窓《まど》越しに拝見すればいいんだ」

「そりゃ、いいけど」

友だちはすこし心配そうに訊いた。

「何か悪いことじゃないだろうな？」

「そんなことは絶対にないよ。君にも迷惑はかけないからな」

友だちは承知した。昼休みに、沼田仁一は会社を抜けて丸ノ内のビル街にある西島電機をまた訪ねた。友だちは出て来た。

「今、秋場さんは昼めしから戻ったばかりだそうだ」

調査部の前に案内された。清潔な建物で硝子張りの中に事務室がひろがっていた。

「ほら、あの右の大きな机の前にいる人だ」

友だちは、廊下からこっそり指さして教えた。

沼田仁一は秋場文作を初めて見た。彼の考えていた人物のイメージとはかなり違う。肩幅の広い精力的な男かと思っていたが、痩《や》せてスマートであった。しかし、体格は運動家のように締っていた。眼がぎょろりとして大きく、鼻が高かった。頬のあたりがすこし沈み、眼窩《がんか》がくぼんでいたが、それは適度な知性的な陰影となっていた。秋場文作は、皆とはそこだけ空間をとった大きな机の前に、たったひとりで書類を見ていた。沼田仁一は、一目みただけで、秋場文作が野関利江の情人であったことを疑わなかった。

データは秋場の旧姓が吉野であることだけだったが、しかし、それを知らなくても、この男なら街の雑沓《ざっとう》の中で見かけても、野関利江の情人だなと見わけがつきそうだった。いかにも、あの女の好きそうな型《タイプ》だった。その直感は、ひとりの女の体臭を共有した感覚からもきており、同じ女の血の匂いを秋場文作の姿から嗅《か》いだと感じたからでもあった。

その男が、野関利江の愛情を真空のように吸い上げたのか。彼は思うままにあの女の肉体を操縦し、心を崩壊《ほうかい》させたのか。沼田仁一は凝視しているうちに、やるせない劣弱感と憎しみがこみ上った。野関利江を絞めた犯人はあのとおり澄ました顔で書類を見ている男に違いないのだ。

「有難う」

と礼を言って、そこをはなれた沼田仁一は足が慄《ふる》えて力がなかった。

彼は、帰る途々《みちみち》に、警察に投書してやろうかと思った。しかし、秋場文作が、野関利江と関係があって、彼女を殺したという具体的なものは何一つなかった。それは彼の直感にすぎない。真実かもしれないが、客観性がなかった。それでは投書しても意味がなく、捜査当局がとり上げてくれそうにも思えなかった。何か、秋場文作の尻尾《しっぽ》をつかむものはないか、と沼田仁一は必死になって考えた。すると、いいことが一つ浮んだ。

8

野関利江の死体発見が九月十六日で、死体を検案した警察の推定では死後七、八か月くらいだという。彼女が家出した時期と一致していることは、も早、明瞭《めいりよう》だが、秋場文作は山口県の現場に野関利江をそのときすぐに連れて行ったのであろう。

それなら、そのころ、秋場文作は社を欠勤している筈《はず》であった。沼田仁一は本屋から山口県の分県地図を買ってきて調べてみたが、それは下関《しものせき》から西海岸よりに北に向って匍《は》い上っている鉄道であった。山陰本線はそれから萩《はぎ》、浜田方面の北海岸につづくのである。東京、下関を往復するのだから、秋場文作は今年の一月か二月かに、必ず二、三日以上は欠勤していなければならない筈だった。下関に行くまでに急行で二十一時間はかかる。夜東京を発《た》ったら、翌日の夕方でないと下関に着かないのだ。そこで山陰線に乗り換え、現場近くの吉見駅までは、さらに三十分を要する。沼田仁一は、またもや西島電機の友だちを呼び出した。

「いろいろ済まんが、秋場さんは二月と三月のうち、どの月かに二、三日連休をとっていないか、出勤簿をこっそり調べて貰《もら》えないだろうか？」

友だちは、不審を起した。

「この前から変だぜ。秋場さんがどうかしたのか？」

ここまでくると沼田仁一も彼に協力を求めるため、ある程度、打ち明けなければならなかった。

「君は、会長の麻布の二号が、山口県の山の中で殺されていたのを知ってるだろう？」

「勿論、知っているよ。新聞にも出たし、社内では大評判だ」

友だちはうなずいた。

「それなんだよ。僕はね、どうも秋場さんがおかしいような気がするのだ」

沼田仁一が低声で言うと、友だちは、眼をむいた。

「え、秋場さんが？　そんな馬鹿なことはあるまい。あの人は立派な人だ」

友だちは断言したが、

「それとも何か、そのはっきりした証拠があるのかい？」

と興味を起したように訊《き》いた。

「心当りがあるが、何しろ、秋場さんが連休をとっていることが分らなければ、何とも言えない。二月、三月のうち、つづけて休みをとっていたら、君に、すっかり話すよ」

「そうか、よし」

友だちは自社に関係があることなので、すっかり興に乗ったらしかった。見てくるから待ってくれと言って足早に立ち去った。秋場文作は恐らく休んでいるだろう。二日間か三日間である。二日間でも犯行が出来ぬことはないが、これは最小限度の条件で苦しいに違いない。

煙草を一本喫《す》い終ったときに、友だちが待っていた場所に帰ってきた。

「どうだった？」

沼田仁一は吸殻を投げて訊いた。

「駄目だよ。二月も三月も一日も欠勤していないんだ。全部、出勤の判コが捺《お》してあるよ」

友だちは報告した。沼田仁一は驚愕《きょうがく》した。そんな筈がない。彼は必ず連休がある筈なのだ。

「そんな筈はないといっても、実際にきれいに判コが出勤簿にならんでいるんだもの」

友だちは反抗的に言った。

「誰か、代印を捺したのじゃあるまいな、本人は休んだけれど、出勤していたようにして」

「ばかな。学校の代ヘンとは違うぞ。部長が休むと大へんだ。一流会社ではそんなトリックは出来ないよ」

それはその通りだった。

「ただね、四月十九日から五日間、秋場さんは福岡出張のために社にいないんだ」

友だちはつけ加えた。

「四月十九日か。それでは問題にならんな」

死体は死後推定七、八か月で、冬の季節だった。冬物のオーバーとスーツを着ていた。沼田仁一は地に唾《つば》を強く吐いた。唾は乾いた土に転がった。

しかし、それからも沼田仁一は秋場文作が野関利江を汽車に乗せて西へ運び、首を絞めた犯人であると信じて疑わなかった。それは確固とした信念になっていた。他人は知らない。同じ女の肉体を分け合った相手だ、それからくる直感に狂いはないと信じていた。冬オーバーを着た野関利江と肩をならべて歩いている秋場文作の長身の姿が、沼田仁一の眼にありありと映っていた。女のそのオーバーというのは沼田仁一も知っていた。野関利江と知り合ったころに、彼女が新調したあれに違いない。彼女がひどく気に入って、沼田仁一の賞讃《しょうさん》を求めたものだ。

「これ素敵でしょう？」

と濃紫色《のうししょく》のシールの光沢を見せびらかしたものだった。その下には紫色のスーツを着ていた。彼が女の背中に廻って、肩から辷《すべ》らせて下に落す高級なナイロンの下着にも、淡い藤色がついていた。

紫色の好きな女である。沼田仁一がそれを言うと、

「そうよ。紫色って、大好きなの。昔は、貴族の色だって何かの本に書いてあったわ」

と満足そうに応《こた》えたものだった。

新聞記事によると、冬もののオーバーとスーツを、白い骨を部分的に出した腐爛《ふらん》死体は纏《まと》っていたというから、必ず、あの紫色の衣裳《いしよう》であろう、と沼田仁一は推測した。だが、そのオーバーのことから、彼は一つの着想に行き当った。

女のオーバーは冬ものだった。秋場文作が博多に五日間出張したのは、四月十九日からである。晩春と初夏の境目である。この二つは接着しないか。季節がばらばらである。女の着ていた服装のころには、秋場文作が一日も社を休んでいない。秋場文作が五日間、東京を留守にした時期は、女の冬の服装から外れている。沼田仁一は考え抜いた末、女のその支《し》度《たく》は、必ずしも女がそのとき着て行ったとは限らないと思いついた。トランクに詰めて持って行くことである。着て出る服装は、別の季節のものだった。これなら、両方の矛盾した条件が融合するのである。

沼田仁一は、机によりかかり、一心に考えた結果を紙に書いてまとめていた。

①二月十五日。野関利江、冬の服装で家出。

②四月十九日。秋場文作は、博多に五日間の出張。野関利江同行。このとき、秋場文作は、女の冬ものをトランクに密《ひそ》かに詰め、女は家出後に買った季節の服装で旅行

した。
③その博多行の往復のどちらかで、秋場文作は野関利江を伴って下関駅で山陰本線に乗り換え、吉見駅で下車した。それから何かの口実を設け現場に女を誘い込み、山林中で秋場文作は野関利江を絞殺した。そのあと殺人者は死体の服装をトランクの内容品の冬ものと取り換え、穴を掘って土の中に埋めた。秋場文作は山を下り、再び下関駅に出て、山陽線に乗った。
④九月、死体発見。
しかし、これには、さまざまな、矛盾と断層があった。沼田仁一はそれに気づいている。一ばん大きなのは、死後時間の問題だった。九月に発見された死体が死後七、八か月としたら、二月か三月である。野関利江の家出した時とは合致するが、秋場文作の博多出張の時間とは合わない。約二か月のずれがあるのだ。この推定時間が正当だったら、その月一日も欠勤していない秋場文作のアリバイは成立するのである。

だが、死後の経過時間も、五か月以上になると、死体を見ても正確には判定出来ないのではなかろうか、と思った。どうせ、田舎《いなか》の医者が検案したのだから、二か月の誤差は平気でつけそうである。殊に、この場合、犯人がその誤りの穴に導くよう企んだのは、冬ものに死体の衣服を着せ替えたことだろう。医者は、それを見て惑わされた。「冬」が被害者の死の季節だ、という強い印象をうけたに違いない。沼田仁一は、この問題は解けたと思った。

次は、野関利江が、秋場文作が冬ものをトランクに詰めて持って出るのに、何故《なぜ》不審を起して咎《とが》めなかったであろうか、ということだった。四月十九日なら夏物を詰めるべきである。これは野関利江が知らなかったのではあるまいか。彼女の留守の時にでも、秋場文作がトランクに詰めて知らぬ顔をしたのかも分らなかった。

最後に、①と②の間に断層がある。二月十五日に家出した野関利江は、四月十九日に秋場文作と同じ汽車に乗ったとすれば、その六十三日間の野関利江が消失している。だが、秋場文作がその間に、野関利江をどこか秘密の場所に匿《かく》しておいたのであろう。細密な計画を立てていた彼のことだから、必ず外部に知れることなく野関利江をアパートかどこかに秘匿していたに違いない、と沼田仁一には考えられた。

だが、もっと、重大なのは、秋場文作の四月十九日の出張旅行の裏づけだった。

西島電機の友だちに聞かせると、彼はすっかり面白がっていた。彼は調査の役目をひきうけた。

「おい、駄目だよ」

と友だちは沼田仁一に結果を知らせるために来たときに言った。

「秋場さんは、四月十九日の急行『筑紫』で博多に、途中下車することなく直行しているよ。同伴者は無かった。それは、出発を東京駅のホームで部下の数人が見送っているんだ。僕は、そのひとりに聞いたんだがね。全然、ひとりだったそうだよ。それから、その列車は二十日の十九時十八分に博多駅に着き、支店の者が出迎えている。だから直行していたことには間違いはないよ。帰りかい。帰りは、上京する支店長と一しょに板付《いたつき》から羽田《はねだ》まで日航機だったそうだ」

9

沼田仁一は、そうだ、飛行機があると思った。出張の帰路ではない。往路だ。

殺人現場は、山口県の西海岸の山林である。飛行機で行ったとしても、博多から下関に引返すのは、遠すぎる。博多より近い場所に飛行機が着くところ、時刻表の後の頁《ページ》をみると、日航は降りないが、全日空機が小倉《こくら》に着くことが分った。

○全日空機　羽田発八時↓大阪十一時十五分↓小倉（芦屋）十四時十五分。

一方、急行「筑紫」の時刻を記した。

○東京二十一時三十分↓下関十八時二十三分↓博多着十九時十八分。

こう書きならべて、沼田仁一は両方を見くらべた。

午前八時に全日空機で行けば、小倉に十四時十五分につく。尤《もっと》も飛行場から小倉まては多少時間がかかるだろう。それにしても十五時には小倉に着く。時刻表によれば、十五時二十七分発、下関行に乗れる。下関着十五時四十五分、下関からタクシーを飛ばせば、これが、ほぼ吉見まで十五分で行けることが鉄道案内所に訊《き》いて分った。それから付近の山林に入って犯行を遂げ、帰りは再びタクシーに乗って、下関に十五分で出る。沼田仁一はいろいろな計算をした末、前夜、東京駅を二十一時三十分に発した「筑紫」は、下関駅に十八時二十三分に着くから、秋場文作は犯行を遂げたあと、それに乗れることが可能だと分った。それだと博多駅に着いて、予定通りの出迎人に会うことが出来るのである。

つまり、秋場文作は、四月十九日、東京駅を二十一時三十分の「筑紫」に乗車はしたが、途中急行券を無駄にして品川駅に下車、一泊して二十日の八時発羽田からの全日空機に乗る。小倉に着陸して、下関に行き、目的を遂げ、前夜東京駅から乗った

「筑紫」に、再び下関から博多までの急行券だけを買って乗った。恰度《ちょうど》、東京から博多までを通して乗ったような恰好《かっこう》になるのであった、すると、野関利江は何処《どこ》にいたか。恐らく出張日が確定したとき、秋場文作は、彼女を旅行に連れて行くと称して品川の旅館に十九日の夜、待ち合せるように打合せたのであろう。二十日朝、両人は飛行機に乗り、小倉に降り、山口県の現場まで同行した。野関利江は金持ちだから、飛行機の料金くらい苦にならない。

　これを考えると、初めて、他の疑問の一つが関連して解けた。秋場文作は野関利江を先に品川に行かせた。その留守に紫色の冬ものを彼は勝手に詰めて持ち出したのであろう。野関利江が咎める筈《はず》がなかった。この推定の図面が出来たとき、沼田仁一は心から歓声を上げた。何度も検討したが、一分《いちぶ》の狂いもなかった。

　だが、これで秋場文作を責めることが出来ようか。これは、沼田仁一の勝手に作った理論である。理論は合っているが、何の裏づけも、証拠も無い。秋場文作に突きつけても、愕《おどろ》きはしないのだ、彼は、中年の落ちつきをもって嗤《わら》うだけであろう。よし、それなら、と沼田仁一は蒼白《あおじろ》い顔に闘志を燃え立たせた。秋場文作が全日空機に乗ったのなら、搭乗客名簿にその名があるだろう。しかし、恐らく偽名に違いない。偽名を見破る方法を、彼は考えついていた。

沼田仁一は航空会社の事務所に行った。尤もらしい理由を述べ、係りの者に四月二十日発、小倉行の乗客名簿を見せてもらった。三十人乗りだが、この機は大阪からも乗る客のために席が予約されており、東京からは二十五人であった。書きとるのに楽だった。

名簿をうつすが、それを全部書きとる必要はない。男と女の年齢を秋場文作と野関利江に当てはめ、それに絞ればよかった。二十歳台と五十歳台の男を省き四十歳と五十歳台の女は不必要だった。書き抜いて行くうちに、沼田仁一は、おや、と眼をとめた。「春野雪子」の名があった。有名な美貌《びぼう》の若い映画女優で、人気の上昇線にあるスターだった。彼女も小倉に行ったのか。そう思って、その時の乗客の中に映画会社の職業を記した人が多いのが分った。九州のロケーションにでも行ったものらしかった。

沼田仁一は、書き取った名前の十六人に、はがきを出した。はがきの文句は何でもよい。時候の見舞文だけである。差出人の住所も名前も、正確に書いた。うけ取った者は、未知の者からの挨拶《あいさつ》に驚くだろう。そして、「受取人不明」の局の符箋《ふせん》が付いて返送されてくるものだけが、旅客機の偽名乗客であった。

返送されたはがきは正確に二枚であった。「山本次郎」と「山本ふみ子」。平凡な夫婦の名前である。名簿に、男四十歳、女二十八歳と記入してあった。住所は高円《こうえん》寺《じ》××としてあるが、杉並《すぎなみ》郵便局は朱筆で「受取人不明」の符箋をつけていた。沼田仁一は、紅《あか》い唇に笑いを上した。秋場文作と野関利江を、彼は思い通りに発見したのである。

だが、これがすぐに実証の価値をもつだろうか。秋場文作をこれだけで恐怖させることが出来るだろうか。材料がまだ不足であった。

沼田仁一はいつもの喫茶店に行って考えた。曾《かつ》ては、野関利江と邂逅《かいこう》した喫茶店であり、今も、ほの暗い店内では、ラフマニノフの曲が緩《ゆるや》かにピアノを鳴らしていた。甘美で、情熱的な旋律である。野関利江の顔が真向いに泛《うか》ぶようだった。彼女と遇《あ》った二年半前と少しも変らぬ店の雰囲気と音楽だった。野関利江が、沼田仁一を捨てて秋場文作に傾き、西島卓平の妾宅《しょうたく》を出て、走った情人に殺されるなどの激しい時間が、この中間に挟まれていたことを、少しも感じさせない甘美な静寂であった。

野関利江の好きな衣服の色まで、眼の前に鮮かに出た。昔の貴族の色だと喜んだ紫である。――沼田仁一は、はっとした。彼は恰《あたか》も音楽に聴き入るように、眼を宙に浮かせた。

壁に、映画の上品なポスターがかかっていた。春野雪子の顔がうすい照明に昏《くら》い微笑を沈ませていた。沼田仁一の眼には、小倉の空港に降りた彼女を、沢山なカメラマンが囲繞《いにょう》している光景が映った。

10

沼田仁一は、秋場文作に宛てて、手紙を送りはじめた。発送者の名前も無く、一行の文句を認《したた》めた手紙が中身に入っているのでもなかった。

紫色の小さな布片が一枚だけ挿入《そうにゅう》されていた。

紫の意味を、この世で一ばん分っているのは、秋場文作に違いなかった。彼は、西日本の山中で、紫色のスーツ、紫色のオーバーを死体に着せた。もしかすると、あのうすい藤色の紗《しゃ》のような下着も着せてやったのかもしれない。紫色に、彼の脳は強烈な反応を示すに相違なかった。偽名の手紙を、秋場文作に宛てて四日に一度は必ず送った。中身は、布片であったり、印刷物を裂いた一部であったり、或は紙に水彩絵具がなすりつけてあったりした。その色のどれもが、紫であり、菫色《すみれいろ》であった。

秋場文作は、誰からとも知れず送られてくる紫色に、畏怖《いふ》しているに違いなかった。紫の布、紙、絵具の色を手にして慄《ふる》えている彼を、沼田仁一は想像した。女の首を絞めた指が、その色の服を着せたのである。沼田仁一が、いつか硝子《ガラス》越しに見た大きな机の上で書類をいじっているあの指であった。三週間経って、沼田仁一は、封筒の裏に初めて名前を書いた、「山本ふみ子」であった。その代り、内容物の紫色は消え、中身は何も無かった。秋場文作は、亡霊から通信を受け取っている思いをしているに違いなかった。誰かが、この世に、己の犯罪を知っている。それが近くの見えぬところに存在している。秋場文作は、足を竦《すく》ませているだろう。彼の不安、怖れ、焦躁《しょうそう》、煩悶《はんもん》が、若い沼田仁一には眼に見えるようであった。

　それが終ると、沼田仁一は次の攻撃に移った。このとき、封筒の裏は「山本次郎」の男の名前となった。秋場文作自身がつけた殺人行のときの彼であった。偽名の本人の手紙を本名の本人が受け取るのである。

　今度は手紙らしく本文が入っていた。数字の多い文句である。

「筑紫」東京二一・三〇　品川二一・四一　下関一八・四三　博多一九・一八

「全日空」羽田八・〇〇　小倉一四・一五

ただ、これだけの文章であった。しかし、それだけで秋場文作には、長文の手紙以上に内容を理解できるであろう。

ぼんやりしたものから、形のあるものへ、抽象的なものから具体的なものへ――沼田仁一の攻撃は、意識的に効果を積み上げていた。秋場文作は、次第に萎《な》えて、手で額を抑え、その場にうずくまっているに違いなかった。

数字の攻撃は五回で済んだ。

沼田仁一は、考え考え、次の文句を手紙に書いた。

秋場文作殿

いろいろな手紙を送りましたから、もう、お気づきのことと思います。あなたが一ばんよくご存知の筈です。そして、あなたと同じくらいに、ぼくも知っています。何もかもです。野関利江さんも、あなたと同じ程度に、ぼくも特別な意味で知っています。こう書くと、野関利江さんの家に電話をかけていたという若い男の声をあなたは思い出すでしょう。むろん、それがぼくです。新聞によると、警察では、ぼくが犯人だと目星をつけて捜しているそうです。ぼくには困ることだし、あなたには喜ばしいことでしょう。

ぼくが、先日来、いろいろと送った手紙、紫色もあれば、山本ふみ子の名もあり、飛行機と汽車の時刻のようなものもありました。あなたは、びっくりしたでしょう。だが、それだけでは、まだ、あなたは安全です。ぼくが知ったといっても、何も証拠がありませんから。あなたは恐れているかもしれませんが、逮捕されることはないのです。

しかし、困ったことがあります。あなたは野関利江さんと羽田から全日空で小倉に行ったとき、××映画の春野雪子と乗り合わせたことを憶《おぼ》えているでしょう。そのほか映画の仕事をする人も一しょでした。九州にロケーションに行ったのでしょう。

春野雪子は人気スターです。そのスターが来るというので地元は湧いていました。地方新聞が飛行場におしかけカメラを構えました。春野雪子が愛想をふりまきながら旅客機から降りる。彼女がタラップを降り、ゲートに歩むまで、アマチュアを交えた沢山《たくさん》のカメラマンがシャッターを切り、その音は絶え間がありませんでした。

が、これは想像ですが、間違いないでしょう。困ったことというのは、その春野雪子さんのうしろから乗客たちがつづいているのですが、その群れの中に、あなたと野関利江さんの顔が出ているのですよ。あなたは要心したに違いありませんが、いつまでも飛行機の上に残ってかくれている訳にはゆきません。顔をうつむけ、出来るだけレンズの群れから避けたでしょうが、カメラマンはあまりに沢山来ていました。そして、あまりにいろいろな場所から撮《と》りすぎました。防ぎようがなかったのは尤《もっと》もです。あなたと、野関利江さんとが、ちゃんと写真の中にいるんですよ。

春野雪子が小倉に降りた日は四月二十日で時間は十四時十五分着陸でした。これは問題です。あなたは、そのころ「筑紫」に乗って、広島近くの景色をひとりで見ている筈《はず》でした。それから、二月の寒いときに殺された筈の野関利江さんが、冬のオーバーでなく、春の季節の支度で、あなたの横にいることです。現場には一時間くらいで行ける小倉の飛行場ですよ。

「写真は、たしかな証拠です。非情なレンズは正確にその人の顔を記録します。一万人の証言よりも有力です。

これだけ言うと、あなたも、そのネガのフィルムが、どんなに貴重で、代え難いか分るでしょう。あなたの地位と生活とを奪い、人生から顚落《てんらく》させる危険なネガです。おそろしいネガです。あなたはきっと欲しいと思うでしょう。どのような理由で、野関利江さんをあなたが殺したのか、その動機は分りませんが、多分、あなたが飽きたのかもしれません。ぼくは、まだ野関利江さんを愛しています。忘れられません。愛しているぼくを捨て、殺す運命にあるあなたの手に抱かれたのは、彼女の不幸でした。しかし、ぼくは、何もあなたに仕返しを考えているのではありません。ぼくも、野関利江さんとの関係が分ったら、会社の都合が悪くなるので、警察に訴えようとは思いません。ぼくは若いから貧乏です。その写真は偶然にぼくが友だちから見せてもらって気づいたのです。写真をうつしたカメラマンは九州のある新聞社の人で、友だちの兄さんです。ぼくは頼んで送って貰《もら》いました。

変な見栄《みえ》は張りません。このネガを買って下さい。ほかの新聞の写真をとりよせて見ると、あなたと野関利江さんの顔は出ていませんでした。このフィルムだけです。大へん貴重です。あなたの社会的生活と出世を奪い、死に追いやるおそろしいネガです。ぼくは貧乏だが、若いから沢山《たくさん》な金は要求しません。二十万円で結構です。

よかったら、×日の夜八時かっきり新宿駅北口の電話ボックスの前に来て下さい。ぼくは背広ですが、目印のためにネクタイをはずし、片手に茶色のレインコートをたたんで持っています。お天気でも、レインコートは持って行きますから。

では、お待ちしていますから、よろしく願います。

電話の青年

長い文句の手紙であった。文字も下手だった。しかし秋場文作は、いかなる宗教書よりも厳粛に読むだろう。

沼田仁一は、そのずしりと掌に手《て》応《ごた》えする厚い封筒を持って街《まち》に出かけた。電車が走り、車が疾駆していた。人が忙しそうに歩いている。変ったことのない風景だった。彼は赤いポストに近よって、その封筒を投げ入れた。手紙の重量はポストの底に落ち、音が聞えた。沼田仁一はそれを大事そうに聴いて、電話をかけに行った。

三日目の夜、沼田仁一は、茶色のレインコートを抱え、ネクタイの無い疲れた背広で、新宿駅に悄然《しょうぜん》と立っていた。灯と人とが、流れ、交差している。さまざまな声と音とが絶えず漂流していた。彼はそれを眺めていた。黒い人影が、近づき、横から沼田仁一の身体を指でつついた。背の高い、中年の紳士だった。沼田仁一が廊下から硝子窓越しに見た顔であった。

「手紙くれたの、君だね、秋場だ」

渋い、低い声だった。

「そうです、金、持って来てくれましたか」

沼田仁一は、見上げて訊いた。

「うん」

紳士は新聞紙に包んだものを握らせた。

沼田仁一は包紙を開け、二十万円の紙幣の間違いないのを眼で確かめた。

「ネガをくれ」

と買い主は、催促した。

沼田仁一は、ポケットから、何も入っていない茶色の安封筒を渡した。

秋場文作は、封筒の中身を出そうとして、眼を伏せて、のぞき込んだ。

そのへんに、ぶらぶらしていた人影が二人、用ありげに近づいて来た。

「刑事さん。この男ですよ。ネガを買いに二十万円、持って来たのが証拠です」

沼田仁一は、秋場文作の胸に、痩《や》せて長い指をまっすぐに向けた。

記念に

寺内良二《てらうちりようじ》は福井《ふくい》滝子《たきこ》のことをそれとなく両親へほのめかした。

彼女はある鉄鋼会社の総務部に七年間つとめている。郷里は北陸で、両親は健在である。ただ、年齢が彼より四つ上である。

そこまではまだよかったが、彼女には離婚歴があって、その過去がひっかかって良二は両親と兄に正面きって彼女との結婚希望が言い出せなかった。

良二の父は六十八歳で、会社の役員をしている。彼のぼんやりとした話を聞いただけでも不服な顔をした。母親ははじめから不安を見せた。

数日後、良二は兄の家に呼ばれた。兄は大学の助教授だった。飯を食いにこいということだったが、ビールを飲みながら訊《き》かれた。

「おまえはその女とどの程度交渉があるのか？」

十歳上の兄は小さいときから良二に君臨していた。両親は自分らの口から言えないので、兄に事情の究明を頼んだのである。

良二は福井滝子と二年前から肉体関係があり、それは今もつづいていると言った。正直にうちあけた裏には、一家の反対で滝子との結婚に望みがないことがわかっていたからだ。ということは、強いて彼女と結婚しなくてもいいという気持でもあった。

良二は銀行につとめている。ある日、福井滝子が窓口に普通預金をはじめて預けにきた。それが外回りをしている良二の受持ち管内だった。その後、銀行で預金拡大運動の月があって、良二は彼女の勤め先に電話してその帰りに喫茶店で勧誘の説明をする諒解《りょうかい》をとった。それが最初の出会いであった。そのとき彼女は十万円の預金を承知した。

預金拡大運動月は年に何回もある。良二は彼女のアパートを訪ねるようになった。福井滝子は独り暮しであった。むろん預金ばかりではなく、払い出しもあって、そのつど彼は親切に面倒をみた。二年前のことである。

馴初《なれそ》めのことから聞き出した兄は、

「女は、どうしてもおまえと一緒になりたいというのか？」

ときいた。

「いや。そうでもない」

じっさい、そのとおりであった。

「そうだろう。おまえより四つも年上で、離婚歴のある女がそんな厚かましいことを言うわけはない。おまえは二十六で、女は三十だ。あと五年も経ってみろ。女は老けるのが早いから十ぐらい違ってみえるぞ。女が結婚に執着してないのが幸いだ。よせ、よせ。いまのうちに別れろ」

「うむ。別れてもいい」

「別れてもいいって、煮え切らない返事をするやつだな。おまえのほうに未練があるのじゃないか。相手は結婚の経験者だし、いまが女ざかりだろうからな」

兄は多少猥《みだ》らな笑いかたをした。

良二はビールのせいだけでなく眼のふちを赧《あから》めた。兄には弟の顔が子供のように見えた。

「おまえはグズな性格だ。気が弱い。このままずるずるべったりにその女と関係をつづけてみろ、しまいにはえらいことになるぞ。だいたい、おまえの優柔不断には狡《ずる》いところがある。なんとかなると思いながら様子を見ているらしい。だが、まわりの事情はおまえの都合のいいようにばかりは運ばないぞ。いまのうちに思い切って女とは別れろ」

福井滝子は良二との結婚を強いて望んでいなかった。このままの関係でいいと言った。夫と別れたのは姑《しゅうとめ》との折合いが悪かったのでもあるが、夫には前から女がいたからである。滝子はその過去をひけめにしていた。

「そんな複雑な女といっしょになってもうまくゆかん。おまえが初婚で、相手が再婚の年上というだけでおれは反対しているのじゃない。おまえのいまの気持がどうもふらふらしているようだから、さきのことが心配なのだ。こういうアンバランスな条件はな、よっぽど肚《はら》をすえてかからないと結婚しても駄目なのだ。おまえは女が可哀想だと思っているかしれないが、ただそれだけの同情とか、女の情愛に現在ひかれているだけだったら、結婚してもかならず破綻《はたん》がくる。そうなればかえって女を不幸にするし、おまえだって仕合せじゃない。悪いことはいわないから、いまのうちに別れろ。おまえにとっては初めての女だろうから、いま逆上《のぼ》せているんだ。その熱を少し下げてみろ、まわりに若くてきれいな処女がいっぱい居るのが見えてくるぞ」

大学で物理学を教えている兄は、きわめて俗な説得をした。

良二は滝子の前では、父親もすでに年寄りだから先がそう長くはない、父が死んだら結婚に踏切る、母の反対も弱くなるし、兄とはつきあいを絶ってもいいと言い切った。

「そう、あなたがそのつもりならうれしいわ」

と滝子は言ったが、その言葉を溌剌《はつらつ》に感じさせる表情は彼女に少なかった。

両親にも兄にも秘したまま良二はその後も滝子との関係をつづけた。彼女のアパートは中野《なかの》の裏通りにあった。近所は個人経営の小さなアパートが密集しているところで、夜は人通りも少なく、路地には伐《き》り残された雑木林の黒い影がとぼしい街灯へ掩《おお》いかぶさっていた。良二は一週間に二度はその影の下を往復した。両親の手前があるので泊ることはしなかった。女もひきとめなかった。だが、タクシーで二十分くらいの大久保《おおくぼ》に家のある良二は、十一時の時間ぎりぎりまで彼女とベッドにいることができた。

良二は滝子の熟した身体《からだ》の虜《とりこ》となった。二年間の結婚生活で男を知った彼女は、道楽者の夫から教えられた床の中の技巧を良二に施した。当時は若くてその真髄を知らなかった彼女も、熟成した身体に仕込まれている術技にじぶんから惑溺《わくでき》するようになった。良二は彼女の淫靡《いんび》に教育されていった。

滝子にはまた「内妻」としての面があった。彼女は勤め先で相当な収入を得ていたから、良二の身のまわりのものを買った。ネクタイがパリ製の銘柄品といったことがその例であった。夏冬の沓下《くつした》も一級品をダースで買ってくるし、ワイシャツはデパートに彼を連れて行き高級な生地を択《えら》んで寸法をとらせた。

「あなたは外まわりだから、身ぎれいにしてお客さまに好印象をもたれないといけないわ。銀行員らしくスマートにしてね」

滝子は、ボーナスのときは洋服もつくってくれた。

「お家《うち》にはこれを自分で買ったと言うのよ。クレジットだといえばいいわ」

それなのに滝子は自分のものはあまりつくらなかった。

「いいのよ。わたしは以前《まえ》から地味な服装が好きなの。派手なのが似合わないのを知ってるから。それよりもわたしはあなたを颯爽《さつそう》とした姿にするのがうれしいの」

これは「内妻」的な奉仕だが、姉《あね》さん女房のそれであった。

姉さん女房というのは、自己をむなしくして夫をひき立たせ、その蔭《かげ》でうれし泪《なみだ》を流しているものなのだろう。だが、「夫」のほうは甘やかされてはいても、それだけでは満足できない。女が母親代り姉代りになってそれに面倒をみられるのが長くつづくと鬱陶《うっとう》しくなる。こっちから女の面倒をみてやり、甘やかし屈伏させるのが男としての充実感ではないか。女に甘やかされている環境は快適だったが、その芯《しん》には小さな孔《あな》が無数の空洞をつくっていた。

そういう気持になってくると、ベッドの快楽も過剰な虚《むな》しいものになり、教えられたものだけにうとましい気持になってくる。

「わたしは、いつでも別れてあげるわよ。いっしょになるというのははじめから諦《あきら》めてるんだから。そのときは遠慮なくそういってちょうだい。感傷で、ずるずるとこんなことが長びいたら、わたしはかまわないけど、あなたが可哀想だわ」

滝子は男の気持を読むにも敏感だった。

「まあもう少し待ってくれ、親父《おやじ》も会社の役員を辞めて急に弱ってきた、長いことはなさそうだから、親父を見送ったあとで君との結婚に踏切るからね」

良二はまた言った。行きがかりからだった。

「ありがとう。でも、そんな無理をしなくてもいいわ。あなたがどこかのいいお嬢さんと結婚するのを見とどけてから、わたしもそのうち再婚するわ」

じつのところ、良二は女がそういうのを心のどこかで待っていた。気が弱く、優柔不断で、ぐずぐずしていながらおまえには狡いところがある、と言った兄の指摘はあたっていた。良二はそのような周囲の変化を心ひそかに狙っていた。

兄に説得された時よりも、滝子の容貌《ようぼう》はすこしずつ衰えてきていた。弾力をもっていた腿《もも》も軟らかくなった。

けれども、滝子の口から再婚の言葉が出ると、それを期待しているのに、良二は嫉《しっ》妬《と》をおぼえて彼女にいどみかかった。女もじぶんの口を衝《つ》いて出た再婚の言葉に燃えた。

滝子は毎朝、良二の昼弁当を持って彼を出勤途上の大久保駅のホームで待つようになった。銀行の食堂の昼飯は安いがメニューがきまりきっていて不味《まず》いと彼が洩《も》らしたからである。

四角なアルミの弁当箱ではなく、半月形の重箱で二つ重ねになっていた。一つはおかず入れで三つに区切られている。ベークライトだが、輪島塗りのようにその朱色が派手に見えた。三つの区画の中には魚の焼きもの、野菜などの煮もの、卵焼きなどに香のものがうつくしく詰められている。その品種が毎日変った。七時半に駅のホームにそれを持参して佇《たたず》むには、滝子は毎朝六時に起きて弁当づくりをするということだった。実際、二重になっている下の半月形の容器には朝炊いたままの飯が粒を立てたようにふんわりとよそってあった。ときにはおかずが中国料理ふうだったり、飯がピラフふうだったりした。

「食堂でみんなにひやかされるんだ。いつも花見弁当のようだって」

翌朝は前日の弁当箱をホームで交換して渡す。滝子はその重箱を二組買っていた。良二は食べたあとは銀行の湯沸し場で洗い、鞄《かばん》の中に入れた。こうすると母に見つからずに済む。

「いいじゃないの。羨《うらや》ましがられているんでしょ。おかずはたいしたものはつくってないわよ。お重箱だってベークライトの安ものよ。そのほうがほんものより軽くていいと思って」

しかし、それが毎朝つづくと良二もうんざりしてきた。第一、カラ箱を洗うのが面倒だし、それを鞄の中に入れて持ち帰るのも鬱陶しかった。

「いいわ。そいじゃ、その手間が省けるように汽車弁のように発泡《はっぽう》スチロールの折箱にするわ。それだったら捨てても平気だから」

三日後から朱塗りの重箱は白くて軽《かろ》やかな紙製品のような容器に変った。カラ箱を洗う面倒も、それを持ち帰って翌朝の新しい弁当と交換する手間も要らなくなった。発泡スチロールの弁当箱は汽車弁当屋から相当な数をわけてもらったということだった。一カ月でも確実に二十六個は要る。滝子のアパートの部屋にはその箱が氷塊の山のように積み上げられてあった。むろん弁当の中味に工夫がつづけられていることには変りなかった。

しかし、それも次第に良二には気重くなってきた。朝ごとに駅のホームで弁当を押しつけられると思うと、彼にはそれが負担になってきた。

彼は、弁当を何度か断わった。滝子の親切を思うと、理由をほかのことにしなければいけなかった。

ある晩、いっしょに寝ているとき、毎朝のことだからきみもたいへんだろう、と彼女の労力をいたわり、経済上の損失を庇《かば》って遠慮を申し出たのだが、

「そんなことは少しも苦にならないのよ。弁当のおかず代だって知れてるもの。おかずのつくりかたも、料理の本などみて工夫すると愉《たの》しいものよ。このごろはわれながら腕が上がったと思うの。おいしいでしょう。わたし、いまの会社をやめたら、小さ

なお茶漬け屋さんか仕出し屋さんを開こうかと考えてるの。その研究だと思って、あなたは余計な心配をしないで、どんどん食べて批評してちょうだい」

と、滝子は冗談ともつかずに言った。

たとえ、それが軽口だとしても、滝子の頭に良二との結婚が薄い観念でしかないことがわかった。彼は半ば安心するとともに、それだけ彼女に不愍《ふびん》がかかった。

良二は弁当が拒否できないように彼女との関係も断ちきれなかった。

兄に指摘された彼の煮え切らなさから、彼の心の底に次第に鉛のようなものが詰っていった。気がつくと、彼は若い気持をすっかり失っていた。すでに年上の女と同棲《どうせい》しているような、いじけた拘束に彼は閉じこめられていた。自由な、青春の蒼空《あおぞら》は、頭上に少しも見えなかった。

良二は若い娘と恋愛をする以外にはないと思った。だが、恋愛がそうやたらと手近なところに転がっているわけはなかった。彼は、いつかはくるかもしれない新しい恋愛の時まで、滝子との関係をつづけようと思った。滝子との間を完全に断ってしまうのは寂しかった。恋愛でもいい、結婚でもいい、とにかくその機会がやってくるまで空白でいるのは耐えられなかった。もはや彼には滝子の肉体なしには一週間と我慢ができないものになっていた。たとえそれによって鬱陶しさが増すにしても、いまはけだるい魅力であった。

要するに、良二には滝子とのあいだを清算して次の恋愛なり結婚なりに備えて清潔な生活をするという決断がつかなかった。彼の優柔不断の底にひそむ利己主義がそこに在った。気の弱い人間の狡猾《こうかつ》であった。

気の弱い面では、まだ弁当のことがつづいた。

良二は、朝の出勤になんど大久保駅を変えてべつの駅から乗車しようと試みたかしれない。弁当は、彼には負担というよりも重圧に近いものになっていた。それを避けるには道順を変えるしかない。

たとえ滝子をすっぽかしたところで、怒るような女ではなかった。はじめは行き違いだとか何とかいう良二の弁解を聞くが、そのうちに彼の気持がわかってきても、しようのない人ね、と苦笑し、そんなに弁当をうけとるのがいやだったら、もう止《よ》すわ、と静かに言う女であった。彼女はいつもじぶんが年上であることを意識していた。

だが、良二は滝子が大久保駅のホームの決った場所で、手づくりの弁当を抱え、時間ぎりぎりまで立っていると思うと彼女が可哀想ですっぽかしもできなかった。彼は、

二、三度くらいそれを実行して、行き違いを口実にしたけれど、長つづきはしなかった。

彼にはそういう善良さはあったが、それも彼の決断のなさからきていた。それは一面からすると、ホームに待っている女じたいがもう強迫観念になっていた。

両親に滝子とのことをほのめかし、兄に説諭されてから三年目の秋になった。両親も兄も、女とは手が切れたものと思いこんでいた。兄はあのあと、二、三度くらいその後の様子を訊《き》いたが、良二は解決済みでもう何もないと答えた。彼の純真そうにみえる人がらは、兄や両親すらもそう信じこませていた。

だから、そのとき結婚の話が両親から出てもふしぎでなかった。良二も二十九になっていた。

相手は、兄の妻の友人の妹だった。二十三歳で、女子大を出て一年しか経っていなかった。勤めには出ないでいる。資産家というほどではないが、経済的に余裕のある家庭ということだった。嫂《あによめ》が持ってきた写真は悪くはなかった。

あるホテルで食事をする見合いがおこなわれた。娘は、とくに美人というほどではないが、清純な感じに溢《あふ》れていた。均整のとれた上背《うわぜい》のある姿態がその感じをよけいに強めた。

嫂が橋渡しの役目をつとめた。十日後に、先方から良二に異存がなければ娘との交際をおねがいしたいという意向を嫂を通じて伝えてきた。良二は同意の旨を嫂に答えた。

嫂は兄から前にあった良二の女の話を聞いているにちがいなかった。そうして、その女とはもう何でもなくなっているということも夫である兄から聞いているはずだった。だから、兄夫婦はそのことを良二に確かめもせずに縁談を持ってきたのだ。滝子との関係はいまもつづいているのだから、良二は兄夫婦も両親も瞞《だま》したことになる。とくに嫂にそれがわかると、完全な第三者の仲立ちでないだけに、深刻な事態になるのは必至だった。

しかし、そうなるわけはないと良二はタカをくっていた。滝子は、そんな場合はいつでも別れると常から言いつづけていた。それが口さきだけでないのは良二にもわかっていた。滝子が良二との結婚を最初から諦《あきら》めているのは明白であった。

話をしたら、滝子はかならず理解してくれると良二は確信していた。彼女は異議を唱えないはずだ。理性が勝ち、いつも年上の立場から彼を見ている姉さんぶった女だから、揉《も》めごとを起すような気遣いはなかった。

そのときは遠慮なくそういってちょうだい、感傷だけで、ずるずるとこんなことが長びいたら、わたしはかまわないけど、あなたが可哀想だわ、あなたがどこかのいいお嬢さんと結婚するのを見とどけてから、わたしもそのうちに再婚するわ、と言った滝子の諦めた声が良二の鼓膜にはこびりついていた。

良二は見合いした娘と交際を重ねた。明るい性格の女で、話も知的で、はきはきしていた。その肢体に若さが充実し、顔の皮膚は内面から耀《かがや》き出ていた。そんなものがきわだって映るのも三十三になった滝子との比較からであった。

その娘が能を稽古《けいこ》していると聞くと、良二は謡を習おうと思い、ついぞ興味ももたなかった銀行の謡曲同好会に加入して先生に就いた。

日曜や祭日に相手の娘と二人きりのそぞろ歩きや食事は愉しいものだった。彼はつとめて相手に気に入られるように振舞った。

良二はこの縁談の成就をねがい、嫂に頼みこんだ。それだけに先方から受諾の挨拶《あいさつ》を伝えられたときは有頂天であった。挙式の日取りも来年四月六日と決った。

良二は中野のアパートへ行き、思い切って滝子に結婚のことを話した。動悸《どうき》が激しく搏《う》ち、容易に言葉が出なかった。十一月中旬の冷えた晩であった。

彼の低い声を、滝子は姉のような口ぶりで促し促しして全部を聞いた。見ていても彼女の衝撃はかくせず、長いあいだ黙っていた。良二はうなだれていた。二人の間に沈黙がつづいた。彼が上眼づかいにそっと見ると、滝子は泪《なみだ》を流していた。良二もさすがに胸が潰《つぶ》れる想いであった。

しかし、頬を濡《ぬ》らしてはいたが、滝子はとり乱した泣きかたではなかった。

彼女はハンカチで泪を拭《ふ》き終ると、

「とうとう覚悟した日が来たわね」

と詰った声で言った。血が上《のぼ》って顔が真赤になっていた。

姿勢も崩さず、落ちつきをとりもどすようにまたしばらく黙ったあと、唇をかすかに歪《ゆが》めて笑みを見せた。

「おめでとう」

まだ泪声がおさまりきらないなかで滝子は言った。

「これであなたもとうとうわたしから解放されたわね」

「済まない」

良二は頭をさげた。ほっとなっていた。

「いいのよ。前々からわたしはあなたと結婚できないと知ってたんだから。だから、ほかに良縁があったら、遠慮なしにそういってちょうだいといってたでしょう」

「ゆるしてくれるの？」

「ゆるすもゆるさないもないわ。わたしからいった約束だもの。これでわたしも自分で心の整理がついたような気がするわ。ほんとは、ずるずるとなっている自分がイヤになっていたの。立て直しをするわ」

立ち直ってくれとは義理にも良二はいえなかった。また、そんなおとなびた言い方はできなかった。いつも自分のほうがおさない立場であった。

「いいお嬢さんと結婚するのが決ったんだから、わたしも安心だわ。あなたがわたしにかくれて好きなひとをつくって、そのひとと結婚するんだったら、わたしはかなしいけれど。……お見合いと聞いて気持がずっと明るいの。あなたはわたしを裏切らなかったのよ。ありがとう」

それは滝子のいつわらない気持にちがいなかった。が、良二からすると、彼女はやはり格段に貫禄《かんろく》が上であった。

「きみもそのうちに結婚してほしいな」

良二はようやく明るく言った。それにも彼のエゴがあった。

「そうね。しばらくひとりでぼんやりとしていてから、考えるわ。わたしのばあいは再婚だからそう急ぐことはないけど、いい話があったら、そうするわ」

もはや再婚の話に良二は刺戟《しげき》をうけるようなことはなかった。眼の前の、三十半ばに近い女は頬がたるみ、眼のふちには小皺《こじわ》ができていた。顔色も濁っていた。それがはっきりと見えるのは、やはりこれから結婚する若い相手との比較からであった。透き徹《とお》った顔の皮膚、緊密な弾力性を想像させる若い身体《からだ》にたいして、肉の衰えた滝子に何の魅力も感じさせなくなっていた。

少々長びいたけど、この女と別れられて、無事に結婚できるのをありがたいと思った。そのためには滝子にも早く再婚してもらいたかった。彼女に新しい恋人ができても救われる。ひとりで居られるほうが気になる。自分らの新しい家庭に翳《かげ》をさす存在にならないともかぎらなかった。その禍根《かこん》を絶つためにも滝子に夫なり愛人を持ってもらいたかった。

「そのお見合いしたお嬢さんは、どんな方？」

泪声を乾かした滝子は、普通の微笑になってきいた。

「うむ。まあそう悪くはないと思うけど」

はじめは遠慮していた良二も、滝子の姉のような口のききかたと日常的な会話に気持が軽くなり、すべてを話した。また正直にうちあけることが、滝子の心を和ませると思った。そこまではいいのだが、いつのまにか彼は調子に乗って、相手の印象を具体的に話しはじめた。その顔だちだとか、いっしょに歩いているときの様子だとか、その話の内容だとか、食事のさいの素振りだとか、ついには相手が能をやっているので自分も謡曲の稽古をはじめたなどと言い出した。

「あなたが気に入ってなによりだわ」

滝子は顔色も変えずに言った。

「わたしも安心だわ。あなたは気が弱いほうだから、そのお嫁さんになるひとが少し勝気なくらいだといいわね」

「あんまり気が強くても困るけどね」

きみぐらいに世話をやいてくれるひとだといいんだが、と言いたかったが、それは口に出せなかった。そこまでのやりとりは、まるで親戚《しんせき》どうしが話しているみたいだった。

「お式はきまったの？」

「来年の四月六日」

「そう。その日が大安なのね」

滝子はさすがに感情を瞬時に見せた。

十一時が近くなった。良二はベッドに眼を遣《や》った。カバーがきちんとかけられ、皺《しわ》一つなかった。

「今夜で、お別れね」

滝子のほうから握手を求めてきた。良二はその手を放さずにベッドのほうへ立ちかけた。

「いけない」

滝子は手を激しく振り解《ほど》いた。はじめて責める眼になった。

「その話をあなたがわたしにしたときから、もうお別れになっているのよ。わたしたちの五年間はおわりになっているのよ。これからは友だちでもないの。五年前と同じに見知らぬ他人どうしだわ。さあ、遅くなるから帰って」

元気でね、と言った。そのとき急に滝子に嘔《は》くような嗚咽《おえつ》が出た。――

年があけた。正月には良二もすでに近づきになった先方の家に挨拶《あいさつ》に行き、その娘も着飾って彼の家にきた。二人はそれから街に遊びに出た。

二月に入ると結納のとり交わしがあった。予約したホテルでの披露宴《ひろうえん》の打合せに、二人で支配人に会ったりした。招待状の宛名を書いてもらうメモを書き、最終的な人数を決めた。

三月になると、お祝いの品が持参されたり送られてくるようになった。すると、その月の半ばに四月十日付で福岡支店に転勤の内示があった。それだと、新婚旅行から帰ると、すぐに九州へ赴任することになる。

四月になった。心忙《せわ》しかった結婚式の準備も終り、六日の挙式まで一種の弛緩《しかん》した空白状態がきた。

良二は、滝子を思い出した。去年の十一月の寒い晩に中野のアパートを去ってから音信は絶えていた。彼女から銀行に電話はかかってこず、こちらも彼女にしなかった。できなかったというのがあたっている。再婚の話はもち上がっているのだろうか。それとも恋愛をはじめたのだろうか。恋人と別れた直後には、その傷を早く癒《いや》すために女は浮気をするという話をよく聞く。良二はやはり気になった。

明日が結婚式だという五日の夕方、銀行の親しい友人たちが独身最後の日だというので、良二のために「送別」会を開いてくれた。酒が入った。

八時ごろ、良二は明日の準備を口実に中座した。それから滝子のアパートに電話した。

「明日なのね。おめでとう」

百四十日目の滝子の声であった。彼女は挙式の日を憶《おぼ》えていた。

「ぼくね、福岡支店へ転勤になったよ。十日から九州に行く」

「あら」

「だから、今夜、ちょっときみと会いたい。これからそっちへ行っていいかい？」

返事はすぐにはなかったが、

「ええ、いいわ」

という明るい声がもどった。

良二はタクシーを中野の裏通りに走らせた。これも百四十日目にアパートの部屋の前に立った。滝子がドアを開けて迎え入れた。のこのことよく行けたものだ、とはあとで起った他人の批評である。

結婚の前夜というのが良二の情念を燃え上がらせていた。彼は相手の娘と婚前の交際はしていたが、性的交渉はなかった。彼女は清潔に過ぎ、それを言い出す隙《すき》がなかった。軽率なことをいって破談になるのを彼はおそれていた。二人きりの夕食のあとでも、あっさりと別れた。それだけに、結婚式をあげる前に、知り尽した滝子の肉体の中に最後に沈みたかった。妻になる女は稚《おさな》すぎて、きっと生硬にちがいない。

「あなたからの電話が遅かったから、何も用意してないわ。あり合せよ」

滝子は冷蔵庫からビールをとり出し、ハムを切って皿に載せた。彼女はいそいそとしていた。このハムも大久保駅のホームで渡してくれる弁当にはよく入っていたものである。

滝子は良二のコップにビールを注ぎ、良二も彼女に注いでやった。乾杯をした。

「おめでとう」

滝子が見つめて言った。

「そうじゃないよ。これは二人の記念だ」

良二が視線を押し戻して言った。

「九州って、ずいぶん遠いところに転勤するのね？」

「ああ、島流しだ」

「じゃ、もう、ほんとに会えないのね」

「ああ」

「これが別れの記念ね」

滝子の瞳《ひとみ》も熱くなっていた。

ベッドへ引張ってゆく彼の手を滝子はもう拒まなかった。

ベッドのカバーもフトンもめくりあげて滝子をひきずりこみ、下着を脱がせていた。

「再婚の話はあるの？」

「ばかね。そんな話なんか、何もないわよ」

「じゃ、新しい恋人は？」

「それもずっとさきのことよ。だれも居ないわ」

熱い暴風に煽《あお》られる波濤《はとう》の渦巻きは長くつづいた。滝子のほうが執拗《しつよう》だった。

その海面がようやく凪《な》いだ。

良二は疲れて睡《ねむ》った。その熟睡が、そのまま彼の死に移行した。頸《くび》には腰紐《こしひも》が捲《ま》かれていた。

滝子は、冷えてゆく彼の身体の傍にすわっていつまでも哭《な》いていた。

不在宴会

1

魚住一郎《うおずみいちろう》は中央官庁の或《あ》る課長だった。彼の省は民間企業の監督官庁であった。農林省でも、通産省でも、厚生省でも、どこでもいい。要するに企業に対して権力を持つと同時に特定業者の利益をも図れるという利権省であった。

課長の魚住はしばしば地方に出張する。行政指導のためには遠路を厭《いと》わず回った。この出張は中央の役人にとってこたえられない醍醐《だいご》味《み》をもっていた。まず、彼はどこに行っても土地の工場や支店、出張所の幹部連によって下にもおかない取扱いをうける。工場視察は東京出発前からスケジュールが決まっているので、それに従って視《み》て回ればよろしい。あまり細かいことを云《い》うと、業者から好感を持たれないだけでなく、意外な方面からクレイムがつく。あの課長は好ましくないという指示が雲の間から洩《も》れてくるのである。

まあ、そうした必要以上の職務熱心の視察をしない限り、中央の役人はどこに行っても大切にされる。宿泊料や食事代はちゃんと出張旅費に入っているが、それを使う必要は毫《ごう》もない。それ以上の費用を監督を受ける業者が現地でサービスしてくれる。

魚住一郎の、そのときの出張は九州一円の視察だったが、南九州からはじめて六日目に北九州の或る都市に入った。ここでは二つの工場を視察し、行政指導の資にすることになっている。

魚住課長は午前中にその都市のA工場をざっと視て、午後は××会社の北九州工場を回った。

工場長は五十三、四の肥《ふと》った男であった。次長は三十四、五の、いかにも機敏そうな痩《や》せた人物である。工場長は熊田《くまだ》といった。次長は鶴原《つるはら》といった。

熊田工場長は穏やかな人物で、絶えず柔和な笑《え》みを泛《うか》べて丁寧に魚住課長に話しかけた。鶴原次長は気《き》の利いた女房役《にようぼう》といったところで、熊田工場長の云い足りない説明を素早く補足する。

「工場のご視察は、大体五時には終わっていただく予定になっております」

と、熊田工場長は魚住課長を工場長室に迎えて云った。一段と高い工場長室の窓からは波のうねりのように工場の棟《むね》が起伏してひろがっていた。

「お疲れでございましょうから、そのあと、当市の魚のおいしい家にご案内したいと思います。海岸に突き出た所で、そりゃ見晴らしがよろしゅうございますよ」

「田舎ですが、魚が新鮮なことは飛切《とびき》りでございます。工場長も云ったように、夜の海の眺《なが》めなど皆さまが口を揃《そろ》えてお賞《ほ》めになります」

鶴原次長が明瞭《めいりょう》な発音であとをつづけた。

「はあ、はあ……」

と聞いていた魚住課長は、やや困惑の表情を見せた。

「申し訳ないんですが、今夜は失礼させていただきたいのですが」

「は？」

と、熊田工場長と鶴原次長とが一斉《いっせい》に怪訝《けげん》そうな眼《め》をあげた。

「いや、実は大学時代の友だちがこの地方に居ましてね、久しぶりだから、ぼくが近くに来るので遇《あ》おうということになってるんです。親友でしてね、ずいぶん長いこと遇わないので、恰度《ちょうど》いい機会なのでぼくも約束をしてしまったんです」

「そのご友人はどちらにお住まいでいらっしゃいますか。もしお近かったら、今夜の席にお呼びになったらいかがでしょうか。そこにお越し願うようにわたくしどものほうで車の手配その他はいたしますが……」

鶴原次長が云った。

「いや、ご好意はありがたいんですが、そいつも折角ぼくが行くというので用意をしてくれてると思うんです」

「ははあ、その方はどちらでしょうか、課長さん？」

と、工場長がパイプを口から離して訊《き》いた。

「S市です」

S市は、この土地から汽車で一時間半ばかり西に行った所であった。が、そんなところに友だちは一人も居なかった。

「S市ですか……」

工場長は諦《あきら》め切れぬように、

「わたくしどものほうでその方にお電話をして、向うさまの予定を変更していただくわけには参りませんでしょうか。まだ時間が早いようですが……」

と、工場長は腕時計を見た。

「どうも、それは向うも困ると思うんです。大体、そいつは人見知りするやつで、はじめての方の席に出たがらないんです。それに、ぼくも南九州を歩いてきて毎晩懇談会のような席に出ているので、九州視察の最後の夜ぐらいは気楽に友だちとビールでも飲みたいんですよ。泊まるのもその男の家に決めてるんです」

　魚住課長は低く笑った。

　彼には今夜別な計画があった。どのように工場側にすすめられても絶対にそれには応じられなかった。

「工場長もああ申しておりますし……」

　と、鶴原次長がつつましげだが強引な口調で云った。

「われわれも課長さんが見えるというので、すっかりその気持になっております。準備もできておりまして、課長さんのお話を伺うのを愉《たの》しみにしておりました。課長さん、お友だちのほうはわたくしどものほうで何とか連絡してご了解をいただきますから、今夜だけはぜひわたくしどものためにご都合をいただけないでしょうか？」

　課長の眼には、夜の海が見渡せるという料亭《りようてい》の大広間にならんでいる会食膳《ぜん》が泛んだ。それは三十とは下《くだ》らなかった。これまでの宴会がどのように小さくとも二十人ぐらいの数であった。今夜のその準備が全部無駄《むだ》になると鶴原次長は云いたそうであった。

だが、魚住課長は会社側がどのように損失を蒙《こうむ》ろうと、今夜だけは彼らの義理を立てるわけにはいかなかった。

「甚《はなは》だ勝手ですが」

と、課長はいくらか不機嫌《ふきげん》そうに云った。この手が一ばんいいのである。不機嫌なほうが中央の役人らしかった。

「いや、それでは、あまりお誘いしても失礼に当たる」

と、工場長が次長をたしなめた。

「まことに残念ですが、では、次の機会にぜひお願いいたします」

と、工場長はおだやかであった。鶴原次長の眼がそれに順応《じゅんのう》する前、チラリと課長を眺めたが、その瞬間光った眼には、何をこの生意気な小役人が、本省の役人だと思って威張っている、という反発があった。

工場長はそっと太い溜息《ためいき》のようなものをついた。次長も重大な生産計画に齟齬《そご》を来《きた》したような顔つきになった。

二人の表情を見て魚住課長は心でうなずいた。彼はこうした視察には馴《な》れていた。地方の工場や支店では、何かといえば飲み食いの機会を望んでいる。そんなとき中央から役人がくるのは絶好のチャンスであった。彼をもてなすことにおいて自分たちも同時に豪華な宴席を享楽するのである。それだったら遊興費の請求書を会計に回しても本社の経理部から文句を云《い》われることはない。いわば魚住のような客は彼らのサカナであった。客がくるのは彼らの日ごろの欲望を果すいい機会である。そんなことぐらい、魚住課長は十分に承知していた。

それで、いま工場長が溜息を洩《も》らし、次長が当てのはずれた顔つきになったのを見て、魚住は彼らの落胆に同情した。同時に、自分が勝手な行動をすることに多少忸怩《じくじ》たるものを感じた。——このとき魚住にはふいといい考えが起こった。

「せっかくご準備していただいて申し訳ありませんね」

と、魚住課長は二人に云った。

「宴席の準備も出来ていることだし、どうでしょう、わたしがそこで皆さんとごいっしょしたことにしては？」

次長は眼鏡の顔を向けた。鶴原次長の表情に瞬間うれしげなものが走ったが、たちまちそれは利口そうに消え、もとの怪訝《けげん》な顔つきに戻《もど》った。

「はあ。と申しますと、どういうことで？」

わざと分からない顔をしているのはもちろんとぼけているからである。向うとしては課長を宴席に招《よ》んだことにすれば宴会の費用に大義名分が立つ。本社からも文句を云われない。むしろ堅苦しい役人の客など居ないほうがいいのである。だが、そんなことは工場長も次長も気ぶりにも出しはしなかった。

「ぼくの勝手でご迷惑をかけるようですから、わずかの時間でもごいっしょしたことにしたいと思うのです」

次長が迷うような眼を工場長に向けた。

「いや、それだったら、課長さん。ちょっと乾杯程度でもお席に着いていただけませんか」

工場長がまた熱心に云い足した。ちょっとでも客に席に坐《すわ》れと云うのは裏の意図の馬脚を現わしている。

「ほんとに申し訳ないんですが、S市に行くには時間がかかるし、視察が終わればすぐに失礼したいと思うんです」

「そうですか」

どうする、というように工場長は次長を見た。視線で相談していた。

「それでは、あまりお引止め申し上げてもなんでございますから、では、そういうことにしていただいては」

と、次長が工場長に低い声で云った。

そういうことにしてもらっては、というのは曖昧《あいまい》にして含みの多い言葉である。魚住課長を初めから抜きにして宴会を開き、伝票の上では視察役人の歓迎会ということにしようというのか、それとも彼がこないのでは宴会の名目が立たないので良心的に中止しようというのか、聞いている魚住にはよく分からなかった。しかし、もちろん、これは彼が突っ込んで訊く筋合いではなかった。魚住としても、今夜は工場側の懇談会の席に出ていたことになったほうが有難《ありがた》いのである。

2

その都市から一時間ぐらいの所に温泉地があった。魚住課長はそこで降りた。

駅前からタクシーで温泉地までは四十分くらいかかる。その間の両側は広い田圃《たんぼ》であった。野面《のづら》の涯《はて》に夕焼がはじまっている。山裾《やますそ》はすでに暗く、人家には灯《ひ》が入っていた。

魚住は恵子《けいこ》が四時間ぐらい前に到着して自分を待っていると思うと、タクシーの中でも心が弾《はず》んだ。もし工場長や次長の勧誘を受けて宴会にでも出席しようものなら、少なくともそこで三時間ぐらいは空費しなければならない。一同のサカナになっておつき合いをさせられるのである。これで何も予定のないときだったら、それも案外愉しいことである。上座に据《す》えられ、工場長以下幹部が次々と自分の前にかしこまって、お流れ頂戴《ちょうだい》に両手を差し出す。両脇《りょうわき》には土地の芸者が侍《はべ》る。座が乱れると、まず連中がいい気になってくるのである。

しかし、そのような愉しさは、魚住は南九州からここにくるまで四晩ほど味わってきたのだ。もう、それには飽いていた。

恵子は新宿《しんじゅく》のバアの女である。二十四だが、魚住がようやく口説き落として九州で遇《あ》うのを承知させたのである。今夜と明日を二人で過ごせる。芋虫のように肥《ふと》った田舎芸者を抱くのとは違う。

恵子は九州は初めてであった。誘いに乗ったのも未知の土地を見たいという好奇心がある。その温泉地の旅館も東京から彼女に予約させたもので、間違いなく彼女はその旅館の奥で待っている。魚住は今夜の愉快を想像し、平凡な田園の黄昏《たそがれ》がこのときほど甘美に見えたことはなかった。

やがて、その田園が尽きると、急に賑《にぎ》やかな灯の輝く街に入った。街の入口にはアーチ形の門があり、上に「歓迎」と書いて温泉旅館組合の名が出ていた。車は坂道を登って渓流《けいりゅう》の小橋を渡った。それまでが両側に旅館と土産物の店の風景だった。旅館は新泉館《しんせんかん》という名であった。坂道を登って右に折れた所に欅《けやき》の大きな門があった。タクシーから降りた魚住を迎えに女中が玄関先から走り寄った。

「東京の河合《かわい》ですが」

と魚住は云った。恵子が予約した名だった。

「ありがとうございます。お連れさまはもうお着きでいらっしゃいます」

魚住は安心した。背の低い肥った女中が魚住のスーツケースを提げて玄関に歩いた。番頭や女中たちに迎えられて玄関から長い廊下を歩いた。かなり奥のようである。低い階段を降りると、また絨毯《じゅうたん》を敷いた廊下に出た。女中の説明によると、ここから新館になっているということだった。

その廊下をも一つ曲がったところで、女中は部屋の入口の格子《こうし》戸《ど》を開けた。

「ご免下さい。……お見えになりました」

女中は奥に声をかけて先に座敷に上がった。次の襖《ふすま》の前で膝《ひざ》を折り、魚住のために襖を開けた。

しかし、部屋には誰《だれ》も居なかった。だが、床の間には女持ちのスーツケースが載せてあった。

「おや、どこかにお出かけになったのかしら？」

女中は魚住のスーツケースを彼女のそれとならべて置き、あたりを見回した。

「あら、お風呂《ふろ》でいらっしゃいますわ」

女中は気がついたように云った。

押入れの開き扉《ど》をあけると恵子の洋服が下がっていた。魚住の耳にも湯のこぼれる音が聞こえた。

「では、旦那《だんな》さまもすぐにお風呂をお召しになりますか？」

女中は彼を見上げて訊いた。

「そうだな……」

そうするとは、すぐに答えかねた。

「では、ただ今お召更《めしか》えのものを持って参ります」

女中は気を利《き》かせて去った。

魚住は女中のくるまで落ち着かなく坐ったが、離れている本館まで着物を取りに行ったので女中はすぐには帰ってきそうになかった。湯のこぼれる音が耳に次第に高くなった。彼の神経はそのほうに向かった。

魚住は応接卓《テーブル》の前から立つと湯の聞こえるほうに近づいた。廊下を突き当たったドアの向うが浴室らしく、彼はその扉を軽く叩《たた》いた。恵子の返事はなかった。浴室はたいてい湯上がり場の向うのもう一つのドアで遮《さえぎ》られているので、こっちのノックの音が聞こえないのだと思った。それとも裸身でいる恵子が羞《はず》かしがってすぐ返事ができないのかと思った。

魚住は興味を起こし、ドアを開けた。思った通りそこは湯上がり場で、鏡の前に化粧道具がならび、その下の乱れ箱に宿の浴衣《ゆかた》がまるめられてあった。その浴衣の下に恵子の下着がのぞいていた。浴室との間の仕切ドアは曇りガラスだった。ガラスに溜《た》まった水滴が透けて見えた。湯の音はさらに高くなった。魚住はそこでまたガラス戸のドアを軽くノックした。だが、それはほんのかたちだけのもので、彼は把手《とって》を引いた。

浴室は湯気で白い霧が立ちこめていた。ガラス戸を開けたので新しい冷たい空気で白い湯気が裂けはじめた。その裂け目から、横たわっている白い肉体が見えてきた。

魚住は、数秒間、それを見ていた。声を呑《の》んだままであった。凝視の時間はずいぶん長かったようにも思われたが、またほんの瞬《また》きの間のようでもあった。彼は突然ドアをぴしゃりと閉めると、湯上がり場から廊下に大急ぎで出た。その戸も固く閉めた。荒い息になっていた。

魚住は床の間の自分のスーツケースを提げた。部屋の格子戸を開け、うしろも閉めずに廊下を玄関のほうに向かった。すると、さっきの女中が浴衣を片手に抱え、片手に茶道具を持ってくるのに出遇った。背の低いその女中は彼の姿を見てびっくりしたように停《と》まった。

「あら、お出かけでございますか？」

「ああ。ちょっと駅に忘れものをした。すぐ取ってこないと無くなるかもしれないので行ってくる」

「じゃ、スーツケースを置いてお出かけになったほうが……」

「いや、この中の品で渡したいものがある。相手が待っているんだ」

魚住は訳の分からないことを云《い》い、逃げるように玄関へ出た。

「靴《くつ》を、ぼくの靴を……」

彼はそこにいる番頭にうわごとのように云った。

——一体、あれは幻影ではなかろうか。

魚住は東京へ向かって走る列車の中で、そのことばかりを考えた。頭の中が真空のようになり、身体《からだ》が熱を持っていた。あたりにどのような乗客が居るのか見分けがつかなかった。あの目撃を境にして一どきに世の中の事物が変貌《へんぼう》してみえた。

今になると記憶が定かでなかった。立罩《たちこ》めた白い湯気の中である。それを浴室の曇った電燈《でんとう》の光が照らしていた。白い女の身体がタイルの上に伸びていた。豊かな温泉の湯が湯槽《ゆぶね》から音立ててこぼれ落ちている。女の傍《かたわ》らには洗い桶《おけ》があり石鹸《せっけん》があった。それだけはいやにはっきりと形が頭に残っている。だが、今となっては、女のその身体のかたちが視覚から半ば消えかかっていた。見たのは、その白い咽喉《のど》に深くめりこんでいる指の痕《あと》だった。その部分だけが異様に赤くなっていた。いま思い出そうとしても、その赤い色も白い湯気のなかに曖昧《あいまい》に消えかかっていた。

あのときは確かにそうであった。だが、今それを想《おも》っても、何かの錯覚のようであった。実際、あのときはわが眼を疑ってしばらく凝視していた。信じられないものを不意に見せられたときの状態だった。

あのときは彼の二つの思案が激しく揺れた。それはぶつかり合い、揉《も》み合った。一つはすぐこの変事を宿の者に報《し》らせることである。一つはこのまま逃げ出すことであった。この災難に巻き込まれた自分の危険を避けるためにである。結局、瞬間の決心はあとの思案を択《えら》んだ。

――あれが幻想でなかったら。

魚住は正確な記憶の呼び戻しを何度か試みた。恵子は殺されていた。いや、殺されていたとしよう。犯人は誰なのか。表は鍵《かぎ》がかかっていなかった。彼女の入浴時には誰でも侵入できる。

まさか彼女の夫が二人の仲を知って追跡し、宿の湯殿に飛びこんで仕返しをしたわけでもあるまい。それだったらあまりに急にすぎる。そのような事態になるまでには必ず何か前ぶれがなければならなかった。恵子の夫はギター弾きであった。危険な亭《てい》主《しゅ》だ。魚住にとっても冒険であった。しかし、恵子は亭主との間にトラブルのあることは何も話さなかった。

では、宿の番頭か、または浴客かが浴室に侵入したのだろうか。いや、客かもしれない。部屋を間違えて入ったが、そこで女ひとりが入浴していると知って邪心が生じたのかもしれぬ。それは自分が女中に案内されて部屋に入る三十分くらい前だったかもしれない。

魚住は怖気《おじけ》をふるった。いま追跡されているのは、このおれではないか。女の待っていた伴《つ》れだということは宿で分かっている。ただ、どこの何者と知らないだけだ。それに、恵子はギター弾きの亭主に隠れて九州に来ているので、金輪際《こんりんざい》自分の名はもとより魚住の名前も出してはいない。バアの同僚にも絶対に秘密にしていた。

しかし、旅館では警察に逃げた男の人相や特徴を云うであろう。魚住は背の低い女中のことを考えたが、あの女中が一ばん気にかかった。旅館の女中は客の人相の記憶に強い。近ごろは目撃者の話で巧妙なモンタージュ写真ができる。

しかし、魚住はなるべく明るいほうに自分の想像を持って行った。自分のような顔はまことに平凡で、これという特徴はない。あの女中もほんの何分間か自分を見ただけだから、そんなに詳しく人相の細部まで云えるはずはないと思った。また、彼は温泉街でタクシーを拾い、駅に行ったが、その駅から用心をしていったん鈍行で下りに行き、そこで乗りかえて、また鈍行で急行の停まる駅まで引き返して東京行に乗りかえたのである。各駅とも警察の警戒ははじまっていなかった。

捜査の追跡は自分に及ばないものと思った。

3

事件から二カ月経《た》った。

その二カ月の間、魚住はノイローゼ気味だった。最悪の場合を考えて苦悩した。せっかく東大を出て、上級国家公務員試験にも合格し、役人になったのだ。はじめから官僚としてのエリートコースであった。バアの女との浮気《うわき》で一生を滅茶滅茶《めちゃめちゃ》にされたら、こんな不合理なことはない。これがもっとまじめな恋愛で命を賭《か》けてもいいというようなことだったら自分の一生の犠牲もやむを得ないが、こんなことで人生をすべり落ちたら、それこそ神は存在しない。そんな不合理な話はない。

究極では恵子を殺したのは彼でないと分かっても、真犯人がつかまるまで彼は重要参考人か、または被疑者として厳重な取調べを受けるであろう。そうなると、役所のほうは当然に退職せざるを得なくなるのである。妻は実家に帰って離婚を迫るだろう。思っても死に直面したような想像であった。

二ヵ月間のそうした彼の苦しみがつづいたあと、近ごろではその不安がうすらいできた。恵子の事件はまさに幻でも何でもなく、東京の新聞にも小さく隅《すみ》に出ていた。被害者が東京のバアの女なので、九州のことだが関係記事として報道されたのである。旅館の同室から逃げたサラリーマン風の男が重要参考人として追及されているとあった。その記事を見てから魚住は色の違った洋服に着更《きが》えて出勤した。

その後、新聞は何も報じなかった。魚住の役所には九州で発行されている地方紙も綴込《とじこ》みとして保存してあった。しかし、彼はそれをのぞいて見るのが怖《おそ》ろしかった。その新聞を読んでいるところを他人に気づかれたら発覚の糸口にならないとも限らなかった。

それから三月《みつき》が過ぎると、もう魚住も完全に不安と恐怖から解放された。事件発生後五ヵ月も経てば、真犯人は挙がらず、捜査本部もとっくに解散されたに違いなかった。彼のもとには交通の巡査一人、事情を訊《き》きにこなかった。魚住は俄《にわか》に広びろとした青空を望んだような気になり、これからは絶対に危ない橋は渡るまいと心に決めた。家庭は和やかであった。彼は出張には予定通り、きっちりと家に帰るようになった。

魚住課長のところには毎日のように業者の陳情者がくる。課長の仕事の半分は、陳情者をさばくことと、判コを捺《お》すことと、会議に明け暮れることであった。

そんな或《あ》る日だった。九州視察の最後、夜の懇談会を断わった××会社の本社の販売部長が挨拶《あいさつ》とも陳情ともつかない用事で彼を訪ねてきた。

その会社の重役でもある販売部長は、ひと通り用談を済ませたあと、ふと笑顔を泛《うか》べ、多少卑屈な様子になって魚住にこう訊いた。

「課長さん、まことにつかぬことを伺いますが、課長さんが×月×日にてまえどもの北九州工場をご視察なさいましたが、あのときのことをちょっと伺ってもよろしゅうございましょうか？」

魚住はどきんとした。北九州のその都市の名前を聞いただけでも不安な思いに駆られた。しかし、あの工場と恵子の事件とは何の関連もない。同じ北九州といっても温泉地と工場のある土地とは違うのである。

「はあ。何でしょうか？」

彼はわざと怪訝《けげん》な表情で訊いた。

「いいえ、あの晩、課長さんは工場長その他の幹部の宴席にお出ましになったのでしょうか？」

魚住はまた心臓が高鳴った。

一瞬、ためらいが起こった。たしかにあのときは、自分は工場長や次長の気持を忖《そん》度《たく》して出席したことにしてもいいと答えておいた。多分、料亭のツケを添付した会社の伝票の上でもそうなっているに違いない。見送りが済むや否《いな》や、ホームから出口に走るように去った連中の姿が泛んだ。

そうだ、これは出席していたことにしたほうがいいと魚住課長は瞬時に決心した。そのほうがあの温泉地に立ち寄らなかったというアリバイにもなる。

「ええ、あの晩は皆さんのお世話になりましたよ」

「ああ、そうですか」

心なしか販売部長の顔には翳《かげ》のようなものが射《さ》した。が、すぐにそれは明るい少年の笑顔に変わった。

「どうも行き届かなかったことと存じますが、ありがとうございました」

と、販売部長は取ってつけたような挨拶をした。

その販売部長が帰ったあと、魚住課長はしばらくさっきの質問が心にひっかかった。なぜ、あんなことを今ごろになって云《い》うのであろう。販売部長とは、あの出張から帰ってからも何度も話し合っている。たしかに北九州工場の視察を受けたことについての話は出たが、ついぞ今まで夜の宴席に出席してくれたかどうかをたしかめたことはなかった。ふしぎなことである。

だが、これはあんまり心配すべきことではないと思った。多分、販売部長は、自分と話しているうちに北九州工場から回ってきた報告書の中にある夜の宴席のことを思い出したのであろう。それ以外に原因はないと考えた。

それからまた一ヵ月経った。恵子の事件は完全に魚住課長の傍から遠ざかってしまった。課長は前にも増して仕事に精励した。

ある日、課長は別な会社の招待で銀座裏の料理屋に坐《すわ》っていた。その会社は、この前の販売部長の社とは競争相手であり、商売敵であった。

雑談のとき、出席した幹部の一人が笑いながら魚住課長に云った。

「××さんでもちょっとした不祥事がありましたな」

××はライバルの会社だった。

「不祥事って何です？」

「北九州の工場長と次長とがひどいいがみ合いを起こしたそうです。工場長は次長を馘首《くび》にすると云い、次長はおれをクビにするならしてみろと云って居直っているそうです」

競争相手は絶えず相互の社内情報を取ってその事情に通じている。いま、その幹部が××会社の「不祥事」を話すのは、その不幸をよろこぶ意識の上に、自社の立場を役人に有利に認めさせようという計算もあった。

「一体、どうしたというんです？」

魚住課長も思わずつりこまれて訊いた。

「××さんの経理監査で、北九州工場の次長の不正行為が暴露したんですね。次長は、あの工場全体の経理を握っていたので自分の思いのままのようなことができたらしいです。簡単に云うと、いろいろな支出を水増しして、その差額を着服していたらしいんですよ」

「………」

「よくあることですがね。次長は購入した資材を請求書に水増しさせて、その差額を浮かしてふところに入れたり、また架空の宴会などをいくつもつくっていたそうです」

魚住課長は狼狽《ろうばい》した。それで初めて、この前、販売部長が来て、あの晩の宴会に魚住が出席していたかどうか、それとなくたしかめたのだと分かった。しかし、課長は、その顔色を話し手に読まれないように努力した。

「それは困ったものですね」

課長はなるべく話を逸《そ》らそうとしたが、相手のほうは自分の話に興が乗っていた。

「宴会のたびに空伝票ばかり出していてはほかの者に気づかれやすいと思ったか、適当に架空の招待客をつくり、部下をつれ、高級料亭などで飲み食いしていたそうです」

「…………」

「そんなことが分かったので本社のほうで次長を退職処分にしようとしたんですね。すると、次長は、おれだけが悪いのではない、工場長もおれ以上に悪いことをしていると云って、工場長が私行上使っている金などを暴露したそうです。つまり、工場長の権限で会社の経費を公私混同していたんですね。次長に云わせると、自分などはまだ少ないほうだ、工場長はもっともっと多額な社費を横領散財している。自分はその尻尾《しっぽ》をつかんでいる。自分を馘首にするんだったら、工場長が女に使っている金も社費からゴマ化して出ていることを世間に暴露してやる、工場長と刺し違えると云っているそうですよ」

魚住課長は、それから酒を呑《の》む気力を失った。

また、一ヵ月近く経って、魚住課長のところに警察の人が訪ねてきた。捜査二課の名刺を見て、彼は生きた心地もなく私服の警官を別室に通した。

「課長さん、あなたは××会社の北九州工場の夜の宴会に出席されましたか？」

警官は世間話の末にきり出した。

「はあ……」

魚住は唾《つば》をのみこんで微《かす》かにうなずいた。

「いや、それは嘘《うそ》でしょう。あなたはその席においでにならなかったですね。何処《どこ》かよそに行ってましたね？」

魚住は眼《め》をむいて警官の顔を眺《なが》めていた。彼は、もう駄目《だめ》だと思った。警官は彼を睨《にら》んでいた。彼は恵子を殺したのは自分でないと弁解する気持が先に走った。日ごろから、絶えず相手の先手先手と話をとってゆく優秀な官僚の性格がここにも表われた。

「近くの温泉地にはたしかに、あれから行きましたが、あの旅館で起こった殺人事件はぼくには絶対に関係がありません。ぼくは、ただ浴室をのぞいたときに、女が死んでいたのを見ただけですから……」

魚住は両手を宙に動かすようにして説明した。

「温泉旅館の女の死体ですって？」

警官のほうが、きょとんとした。それから魚住の顔を訝《いぶ》かしげに見て云った。

「何のことか分かりませんが、××会社の北九州工場の鶴原というクビになった次長が工場長を背任罪で訴えているのです。そのカラの宴会伝票に課長さんの名が載っているのです。わたしは、その捜査の裏づけをとりにここに伺ったのですが……」

魚住は口がきけなかった。

「……しかし、いま云われたお話は何か殺人事件に関係があるようですから、もう一度、詳しく言ってくれませんか？」

刑事はポケットから手帳を出した。

密宗律仙教

1

尾山定海《おやまじょうかい》は彼が真言宗の僧籍に入ってからの名である。のち悟るところがあって律《りつ》仙教《せんきょう》を創設したが、定海たることには変りなかった。俗名は武次郎《たけじろう》、石川県動橋《いぶりばし》町近くの農家の生れである。

人は、彼の淫逸《いんいつ》な性格を生地の環境に求めようとする。近くには山中《やまなか》、山代《やましろ》、粟津《あわづ》、少しはなれて片山津《かたやまづ》の諸温泉があるから、その温泉地の風儀が年少の彼に影響を及ぼしたのであろうという。こう評する人は、夜の夜中に猪《しし》が出る、という山中温泉の俗謡が頭にあるためかもしれない。しかし、温泉地と彼の好色とは関係がない。

また、人によっては彼の宗教心の下地を近くの吉崎に求めようとする。ここは世に知られているように蓮如《れんにょ》上人が布教所を建てたところで、その本願寺別院はいまも「吉崎御坊」とよばれている。これも定海の幼時とは関連がない。第一、吉崎は真宗で、彼の両親も真宗である。

定海の武次郎には兄一人と、妹二人とがいる。これとても家を十五歳でとび出して金沢に走った彼とはあまり因縁がない。彼はほとんど家には寄りつかず、両親の死もあとで知ったほどだった。その代り、武次郎がどんな女房をもらったかは兄妹も知らない。

武次郎は中学校を出ると、金沢に行き或《あ》る印刷屋に見習い職人として住みこんだ。だれの世話があったわけでもない、一人で印刷屋にとびこみ、主人に頼んだのである。印刷屋を択《えら》んだのもとくに考えがあってのことではなく、その店の表に植字工及見習募集の紙が貼ってあったからである。それが眼につかなかったら、ほかの職業に就いたかもしれない。この印刷屋に入ったことがその生涯に最も結ばれそうである。

尾山武次郎の三十五歳までの経歴を詳しく述べていたのでは、それだけでも長編になりそうである。そこで年譜ふうにあらましを書くことにする。

その印刷所は活版機械が十台ぐらいならんでいる中程度の規模だった。植字場と解版場、製本場といったもののならぶ工場の二階にある暗い八畳部屋に寝起きさせられた。見習い、つまり住込み小僧はここに四人いて、ときには渡り職人が来て六人にも七人にもなることがあった。

植字工の見習いになったが、はじめから仕事など教えるはずもなく、二年間は職場の拭《ふ》き掃除、職人たちの小使いだった。食事は畳の上でなく、裏の台所の土間に飯台《はんだい》があって、腰かけで食う。傭《やと》い婆《ばあ》さんがつくるおかずは、魚の切身のうすいのや肉のコマ切れがたまに出るだけで、あとは菜葉とか大根とか人参とかヒジキとか油揚げの、いい加減なものばかりだった。終日陽の当らぬコンクリートの土間は横の内井戸から流す水でいつも湿っており、その井戸の向うに板壁とくもりガラスで仕切られた風呂《ふろ》場《ば》がある。

印刷屋奉公が彼に役立ったのは、植字をしているときに文字をおぼえられたことだった。小僧から少し出世するとはじめて技術を教えてくれるが、ほとんどが雑用で、これを追回しといった。職人が追い回してコキ使うからだが、徒弟制度にはじめから人権の存在はない。ヘマをやったり職人の機嫌の悪いときは、組み版の上をならすのに叩《たた》く木槌《きづち》やスパナーが顔や足に飛んできた。植字工見習いに定着するまでは、解版や活字拾いや、手が足りないときは製本場にまでかり出された。

製本場は小冊子などもつくるが、用紙を截断《せつだん》したり、ノリ付けしたり、刷上ったものを揃えて括《くく》ったりするのだが、紙倉庫からは用紙の出し入れもする。もちろん製本にして綴《とじ》こむ帳合いもする。要するに何でもやらなければならない追回しであった。のち、定海が女房のヤスを製本女工にして食いつながせたのはこのときの経験による。活字を拾うにも、組むにも原稿の字を追いながらだが、チラシ広告などは別として、ちゃんとした文章には読めない字が多かった。金沢には大学などがあり、そこの先生の論文なども回ってくる。追回しから少し出世して、植字工専門の見習いになると簡単な組みは任せてもらえた。伝票などはケイものといって案外むつかしく、罫《けい》をタテ、ヨコに組むのは技術を要する。複雑なケイものが組めたら一人前の職人とされた。文章などの棒組みは案外にやさしいのである。その文章も学術論文あり、随筆あり、読物あり、なかには小説のようなものもあった。武次郎は活字を拾う関係からだんだん漢字をおぼえた。職人によってはむつかしい字の分らないのもいるが、そのときは校正さんにきく。文章ものは註文《ちゆうもん》主が主に校正するが、印刷所内にも内校正がいる。植字工の職長がこれに当っていた。

字をおぼえてゆくと、武次郎は原稿の文章の上手下手がだんだんに分るようになった。腕が上ってゆくと片手に組み函《ばこ》といっしょにつかんだ原稿を追いながら、片手は見ないでもひとりでにケース棚《だな》から活字を正確に拾う。活字のならべ場所はきまっているから、タイピストの指がキイをたたくのと同じ習性である。個人差はあるが、武次郎は器用なほうで、一人前の職人には人より早くなれそうだった。

あるとき、住込みの校正係が入ってきた。店主が連れてきた三十すぎの男で、得意先の官庁の用度課長に頼まれ、東京で勤め先の新聞社をクビになったのを仕方なく拾ったのである。用度課長とは友人のその男は、髪を長く伸ばした文学青年くずれだが、間借先を見つけるまで小僧たちの寝る八畳に寝起きした。夏脇《なつわき》という名だったが、みんなは最初に聞き違えた夏秋の名で呼んだ。

夏秋は不潔な八畳の間に六人も七人もザコ寝するのにびっくりし、これは監獄部屋だと叫んだが、慣れた武次郎にはそうは思えず、くたびれた身体が横たえられるならどこでもよかった。夏秋はゴロ寝の若者たちを見て、おい、ここではあればやっちょるのか、と九州弁で訊いた。あれとは何ですかと問い返すと、反歯《そっぱ》を出してニヤリと笑い、おチゴさんたい、といった。

夏秋が新聞社をクビになったのはやがて本人の語るところで分った。その新聞社は九州に本社があるのだが、夏秋は大学の政治科を出ているというところから東京支社詰になっていた。失敗は支社長の女に手を出したからで、東京で再起を図るまでしばらく都落ちと決めたが、あとからその女が追ってきそうなので、戦々兢々《せんせんきようきよう》の様子だった。こげん給料じゃ女の上の口は養えんけんなあ、といっていたけれど、どうやら内心は女を待っているふうで、手紙をせっせと書いていた。

武次郎は夏秋から字を習い、文章のよしあしを教えられた。こげなのは文章じゃなか、綴《つづ》り方《かた》たい、あ、こいはちかっとはマシばってん回りくどかなあ、用語もようなか、などといい、それを分析したり、書直してみせたりした。彼の添削《てんさく》が入ると見違えるようにその文章がひきしまり、よくなった。さすが東京の新聞記者だと武次郎は感歎《かんたん》した。

店主は五十近い、肥《ふと》った、赭《あか》ら顔《がお》の男で、風呂には必ず女房といっしょに入った。それが飯を食う場所のコンクリートの土間からよく見える。女房は四十くらいだが、色の白い、あか抜けした顔の上に、若づくりだった。彼女は住込みの傭い人など眼中になく、風呂場と向い合せの、そこは四畳半ばかりの部屋で「奥の者」の飯食い場にもなっているが、そこに赤い長襦袢《ながじゆばん》も腰巻も平気で脱ぎすて、真白な裸身を風呂場に運んだ。飯台からは風呂場に入るまでの何秒かその裸がまる見えで、あとはくもりがラスに夫婦の話し声と湯音とが聞えた。住込みの夏秋もそこで飯を食うから、うわ、たまげたな、四十にも五十にもなった夫婦が人前もはばからずなんちゅうこっか、と憤慨したが、それからは仕事が忙しいのにかこつけて食事時間を延ばし、わざと夫婦が風呂に入る頃を狙ってやってきた。むろん女房の裸を瞥見《べっけん》するのが目的で、瞳が落ちつかなかった。ことに女房が帯を解き、腰紐《こしひも》を抜き、恥かしげもなくそこでくるりと着物を脱いで腰巻をとるだんになると、夏秋の息はひとりでに荒くなっていた。

それだけでなく、店主の弟夫婦もこの家の二階に同居していたから、その妻もあとから入る。その亭主は外交で帰りが遅くなるときがあり、若い奥さんとみなによばれているその妻はひとりで風呂に入る。嫂《あによめ》にならってそこで立ちはだかりながら赤い着物を脱ぐことに変りはない。三十一、二くらいのその妻は明るい顔で、これも色が白く、脱衣してから風呂場まで歩くまで、まろやかな肩、胴体、脚に炊事場の電灯が当ってにぶい艶光《つやびか》りとなった。夏秋は店主の女房もええが、若いほうもよかな、と歎息し、ええくそ、いっちょやっちゃろかなどといっていた。むろんそれは彼の豪語で、覗《のぞ》き見以上には行動の勇気もなく、おいが女は早う東京からやってこんかのう、と本音をつぶやいた。

工場が忙しいときは、夏秋の仕事も忙しく、彼はストのときのように長髪に鉢巻きをし、汗をかきながら近眼をむき出して遅くまで校正していたが、それが済むと「監獄部屋」に上り、今夜は若奥の肉体を完全に見てやったとご機嫌になった。なんでも腹が減ったので晩飯を早く済ませたから、そのあとで何度も水を飲みに炊事場に行き、三度目に裸身の機会に当った。ほかにだれもいなくて、こっち側は電灯は消してある。向うは風呂場の電灯と四畳半の電灯と両側から照明が若い奥さんの肉体に当った。若い奥さんはまさか暗い横に人がひそんでいるとは知らないから、腰巻を脱《と》るときも、そのあとも、日ごろ以上に大胆なポーズをとった。夏秋の表現によると、中の臓腑《ぞうふ》が見えるほど拝ませてもらったという。そのあと自ら校正用の赤鉛筆で刷り損いの会葬御礼の黒枠ハガキを裏返して詳細に女体の部分解剖図と挿入断面図を描き、説明をして聞かせた。そのあと彼は上気した顔を口いっぱいにして笑ったが、眼は赤くなっていた。

2

武次郎に文字と性の解剖を教えた夏秋は三ヵ月足らずで印刷屋を黙って去った。当座店に私服の刑事が出入りしたが、何でも夜の路上に四十女を襲ったが、未遂の上に先方があとで示談にしたため逮捕だけは脱《の》がれたということだった。印刷屋では三カ月ばかりは夏秋の話題がつづき、殺気立った植字場の職人もその間だけおとなしくなった。みなは夏秋を嘲笑《ちょうしょう》していたが、武次郎は彼をそこに追いつめたのは風呂場の、とくに若い奥さんの裸だと思った。

そうして、結局彼もその影響を受け、解版場に働いている女工で、精神発育の遅れた、不器量な十七になる小娘を夜業のとき裏の物置小屋に連れこんで押えた。気ばかりあせって自分でも何のことか分らず、不完全を自覚したが、頭に上った血だけは下った。しかし、脳が足りなくとも、解版女工の情だけは人なみにあって、家から彼のために特別に弁当つくってくるやら、菓子を買ってくるやらするので他の職人に知られてしまい、まだ一人前にもなってないのに何という奴だと職長に怒鳴られた。そんなことで辛抱ができなくなり、富山県の高岡《たかおか》の印刷所に移った。これも自分が先方に行って店主に会って交渉したのだが、一人前の職人としてふれこみをした。十九歳であった。

給料は腕を見てから決めるということで、ひやひやしたが、立派に職人なみで通った。自分では気がつかなかったが、金沢の印刷屋で鍛えられていたのである。ここは住込みでなく、店主の紹介で大工の二階を借りた。四十ぐらいの夫婦者で、子供がなかった。

生れてはじめての自由に武次郎は、世の中が眼の前にぱっと開けた感じだったが、この時期には金沢よりはさらに多くの経験を得た。それを簡単に挙げると、宮田《みやた》というのと荒川《あらかわ》という渡り職人を知ったこと、一方では大工の女房と懇《ねんご》ろになったことである。

そのころは、どこの印刷屋でも職人の減少に困っていた。若い者は手っとり早く金になって、背広で通勤できる工員になって、職人の弟子入りなどする者はほとんどいなくなった。印刷工の渡り職人は各地の印刷所を転々と移る気まま者で、昭和の初めごろまでいたがその後途絶え、戦後は人手不足でまたぼつぼつ復活の傾向にあった。

以前は若い者が多かったが、戦後は年を喰《く》った者が多い。古い職人で、一軒の店を持つ資力もなく、さりとて転職するでもなく、たとえしてもそれに失敗して馴《な》れた腕の職に戻った。荒川は武次郎がその印刷屋に来て一ヵ月後に来た二十五、六歳の職人だが、本人は胸を病む蒼白《あおじろ》い顔で女房子を連れて渡り歩いていた。ほとんど東日本の印刷屋という印刷屋は知っているといった。それだけに腕はよく、仕事は速かったが前借りの連続で店主に渋い顔をさせた。この印刷屋にいるのも長くはない。胸部疾患に悪いと知りながら、女房子を養うに埃《ほこり》の多い印刷屋しか働くところがないようだった。こうした職人の末路を見ていると、武次郎も将来を考えないわけにはゆかなかった。

宮田は三十二歳、渡り職人としてはのんびりとした性質で、顔つきからしてまる顔に眉《まゆ》の開いた童顔だった。腕もあまりよくなく、店主は安い給料で契約した。女房と子は東京に残しているという。腕の悪いのは、ほかの職人に莫迦《ばか》にされるが、宮田はもの識《し》りで、本もよく読んでいるようだし、印刷屋では店といっている事務室に毎朝早く来ては新聞をのぞいていた。昼の休みは三十分、宮田は政治でも哲学でも芸術でも、要するにひろい知識を油だらけの職場で弁当を食う職人たちに得意になって聞かせた。そうして、いま資本《もとで》入らずに金を儲《もう》けるには新宗教をつくって教祖になることですよ、これが当ればどんな事業よりも有利ですな、とおちょぼ口をまるく開いていった。

宮田は三カ月ぐらいして印刷所から消えた。腕がよくないので店主もあまり引きとめなかったが、よその土地の印刷屋にでも行ったのだろう、しかし、あの腕では何処《どこ》に行っても長つづきはしないだろうと職人どうしで悪口ともなく云《い》い合っていると、ふた月後に本当に教祖らしくなって武次郎の前に現われた。

そのころは武次郎も、下宿先の、大工の女房と出来ていた。四十女だった。大工の亭主は早朝に仕事に出るので、武次郎が印刷屋に出るのとズレがある。一時間は遅いので、その間に女房が彼を床の中に呼び入れた。女房は七時ごろに亭主を送り出すと、また床の中に戻る。支度のため朝起きが早いのだが、ある朝、武次郎が出かけようとすると、肩が凝《こ》るからあんたの強い力で少し揉《も》んでくれといった。蒲団《ふとん》の中にいる寝巻姿の女房の背中のそばに坐《すわ》ると、蒲団の中はなま暖かく、甘ずっぱい臭いがこもっていた。ちょうど寒いときで、あんたも少しあたたまって行きなさいといって自分で蒲団の端をめくった。そこからさらに甘い臭いが煽《あお》り出た。

武次郎は大工の女房から閨房《けいぼう》の手ほどきをうけたのだが、彼はこの色の黒い、獅子《しし》鼻の、小皺《こじわ》の寄った女房の顔を見るのが耐えられず、眼をふさいで金沢の印刷屋の女房二人の裸身をひたすら瞼《まぶた》に描いていた。それは姉のほうでも妹のほうでもいいから、交互にかわった。大工の女房はそれとは分らないので彼が恥かしがっていると思い、あんたは何も知らないから可愛いとか、初心《うぶ》だとかいっていたが、教える女のほうが途中で歓喜に陥ってたびたび中絶した。

　大工の亭主は何も気づかず、夜は夫婦の行為もあったようだが、武次郎は二階の階段の端に匍《は》い出て聞き耳を立てるほどの興味もなく、嫉妬《しっと》もまったく起らなかった。そうしてよく睡《ねむ》った上、翌朝二階に上ってくる醜い顔の女房を待った。

　遠地での普請を引きうけた請負師について大工が三日間留守をしたとき、武次郎も女房に仕事を休まされ、昼となく夜となく女に抱かれ通しだった。女房は、彼の熟達を賞し、亭主に比較してその健康を羨望《せんぼう》し、今度は亭主がする通りにしてくれといって、武次郎に少々変態的な技術を教えた。正常から変則に移行するのはこの種の行為の径路だが、そのことによって武次郎は女がどのようなことを求めているのかをだいたい会得《えとく》した。後年彼がある人に話したのでは、大工の女房が醜女《しこめ》だったことが何より幸いしたので、もし美人だったら愛情が生じ、あれほど即物的な玩弄《がんろう》に徹することはできなかったろうという。大工の女房は恥知らずにも彼の手をとってそれぞれ女の弱点となる部分に当てがい、自らその反応の度合を示した。

　二日二晩の、日も星もない女房の加虐《かぎゃく》に武次郎は不覚にも風邪をひき、それがこじれて肺炎となった。印刷所も休み、二階に絶対安静で寝ていると大工の女房はいそいそと介抱し、また、ときとしてわが儘《まま》な挑み方をした。亭主が戻る夕方以後はさすがに遠慮して二階にこなかったが、送り出したあとはかいがいしく世話をし、自由自在に振舞った。彼女は、あんたの身体の熱を冷《さ》ましてあげるといい、裸になって彼のほてった身体を抱えこんだ。彼女はそこで、男に不可能な場合でも双方にとって収穫的な方法を教授したが、それは女の側にも充足感を与えたので、彼は横たわりながら冷静に見上げ、技巧と女の奔流する一致点の各部を観察し、詳細に習得することができた。

そんな際、宮田が宗教を提げて病床を訪れたのは予想もしなかったことで、大工の女房は狼狽《ろうばい》して床のまわりを片づけたが、残り香まで消すことはできなかった。作業服を脱いだ宮田は、古着屋からでも買ったのか、こざっぱりした木綿の和服を着用して、彼の床のわきに端坐《たんざ》し、病気はすべて前世の悪い因縁によって生じるもので、これは当人には分らぬ、神の呪術《じゅじゅつ》を体得した御使い、すなわち術者のみがその悪因縁を追放することができる、それによって病患は自然治《ち》癒《ゆ》するといった。これだけに要約するのは宮田の能弁を伝え得ないが、彼のかねての博識はもっと哲学的な理屈を加え、新聞記事による世相をからませ、さらには古事記などの物語を挿入し、のんびりした顔つきは多少の神秘さが加わって、弁舌また流るるごとくであった。

宮田は、武次郎の病床に三日間通いつめて姿を消したが、そのきっかけは、大工の女房がいつまでも邪魔する宮田を一喝《いっかつ》したからで、いわば愛欲行為を妨げられた怒りのあまりだった。武次郎が十日ほど寝ついているうち、快方に向う四日間というもの、完全に女の恣《し》意《い》に任され、その強制に支配されることになった。あんなインチキな宗教よりはこのほうがよっぽど病気を癒《なお》せる、ひたすらに喜びに浸ることこそ精神を純粋にさせ、その精神が肉体を立ち直らせる、と、そういう言葉ではなかったが、同じ意味を卑俗な表情でいい、あんた、病気は気からというじゃないの、とこれはその通りの言葉を、巫女《ふじょ》の如く髪を振り乱していった。

二十二歳。——武次郎は名古屋の印刷屋にいた。ここでは酒と女とをおぼえた。安バーの女ばかりを買って終始給料の前借りをした。どの娼婦も彼の若さと、四十男のような技巧に感心したが、後者は大工の女房の仕込みだった。商売女が商売を忘れた。しかし彼は病気を染《うつ》されて、場末の小さな医院にこっそり行った。尿道が詰り、カテーテル洗滌《せんじょう》に依《よ》った。ある日、安アパートの共同便所の中で身体を曲げて自分で洗滌していると、突然戸が開いて女がのぞいた。双方ともおどろいたが、女は四十七、八の寡婦で、生命保険の勧誘をしていた。二、三度そういうところを見つかった末、あんたそんなこと自分でやったら不自由で仕方ないやろ、わたしが手伝ったげる、病気やさかい、遠慮せんかてええ、この齢《とし》になったのやから、女とは思わんでや、といい、自分の部屋に連れて行き、バケツに水を汲《く》んでくるやらして、看護婦とまではゆかないにしても手ぎわよく処理してくれた。そういうことが、五、六回つづくと尿の出もよくなったが、今度は看護婦役の女が握ったまま息を荒くし、手に力を入れ、片手で自分のスカートを外した。しかし、一ヵ月ぐらいすると、頭の禿《は》げた保険会社の外交主任というのが彼のところに怒鳴りこんできた。その男の女だった。

女のほうは武次郎を諦《あきら》めきれず、夜は主任がくるので警戒したが、朝になると飛ぶようにしてやってきた。それと気づいた主任が木刀をもって彼の部屋の戸を激しく叩《たた》いて連呼し、アパートじゅうの騒ぎとなった。

3

二十六歳。――武次郎は、岡山、広島県の尾道《おのみち》、山口県の下松《くだまつ》と渡り歩き、引返して滋賀県の大津《おおつ》にいた。

この間に武次郎も渡り職人の虚《むな》しさを感じ、やがて、三十ともなれば、そろそろ四十面《づら》を下げて全国の印刷屋を漂泊して歩く自分の姿が見えてきた。彼はどこへ行っても色ごとに耽《ふけ》ったが、同時に本だけは手から離さずに、哀れな自分の境涯を少しでも紛らわそうとした。わずかだが、金も少しは貯めた。腕のいい彼はどこの印刷屋でも高い賃金で傭《やと》ってくれていた。

大津の印刷屋の主人は彼を足どめしたいばかりに自分の家に働いている女中を女房に押しつけた。それが市村《いちむら》ヤスで、武次郎とは一つ違いだった。色の黒い、丈の高い女で、眉《まゆ》うすく、眼のまるい、唇の厚い顔だったが、無口でよく働いた。店主は夫婦のために金を出してアパートを新しく借りてやるなど世話したが、むろん腕のいい職人を遁《に》がさないための政策だった。武次郎がヤスをそれほど気に入ってないと知ると、まあ、ええわな、一年ほどいっしょになってみいな、それでよかったら籍に入れなはれ、と武次郎にいったが、一年どころか生涯連れ添うことになった。ヤスは武次郎のいうことなら何でも抵抗なしに諾《き》く女で、しかもよく働くから、自分が困ったときはこの女に頼るほかないという気になった。そのかわり入籍まではせず、いつ別れてもいいように内縁関係で済ませた。

二十七歳。——武次郎にとって一つの転機があった。自分の生活や運命に不安のようなものを感じて、京都の菩《ぼ》提樹社《だいじゅしゃ》に入った。菩提樹社は仏教を哲学ふうに新解釈したもので、いわば哲学と信仰との合一を目的としていた。彼は菩提樹社の規定で、初めての入信者は一ヵ月間は泊りこみしなければならないということから印刷屋の主人には無理に承諾させて京都に行った。その間、ヤスには製本場の女工をつとめさせた。

約束通り、一ヵ月で大津に戻ったが、そのとき菩提樹社発行の仏教関係書を柳行李《やなぎごうり》にいっぱいになるくらい持ち帰り、仕事が済んだあと毎晩読み耽った。もっとも一方では一ヵ月間の罐詰《かんづ》め禁欲生活の結果がヤスに殺到した。武次郎の一生では数少い安定期間であった。

しかし、精神生活のほうは必ずしも安定せず、こんなことでよいのかという強迫観念におそわれた。菩提樹社の仏教書や人生教訓書が深奥にして不可解だった影響かもしれぬ。

三ヵ月ぐらいして武次郎は一週間ほど居なくなった。印刷屋の主人は心配して女房を置き去りにして逃げたのではないかとアパートに行き荷物を調べたが、もとより目星しい家財とてはなく、着がえの下着類が少し無くなっている程度であった。ヤスは平気で、ウチの人は風呂《ふろ》敷《しき》包みをもって山に登ってくるといって出かけたというだけで、行先も知らなかった。山というと何処《どこ》の山だろう、登山にしては季節外れで、またその支度でもない、趣味としても聞いていぬ。さりとて逃亡の形跡もなかった。

一週間経つと、武次郎は予告通り大津に帰ってきたが、少しやつれていた。だが、女房への抱擁は異常なく、ヤスを女として目ざめさせた。

しかし、それも四、五日で、武次郎はこれから高野山《こうやさん》に入って修行するのだとヤスに宣告した。話をヤスから聞いた印刷屋の主人がびっくりして駆けつけると、武次郎は落ちついて、実はこの前の一週間は高野山の何とか院に行って院主に会い、修行させてもらったが、宗教の悟道に達するにはどうしても五、六年は僧籍に入らねばならない。申し訳ないがこれで辞めさせてもらいますといった。え、そりゃ、ほんまか、高野山の坊主になるのんか、と主人は呆《あき》れ顔だったが、武次郎は真剣に考えた結果だといい、えらい世話になって申し訳ない、堪忍してくれと、繰り返した。

主人は寛容な男で、一つは武次郎の気《き》紛《まぐ》れで、すぐにもここに舞戻って働いてくれるものと思い、一つはヤスを世話した責任から、お前さんが思い立ったのなら仕方がないやろ、気イ済むように、まあ、行っておいで、その代り坊主の生活がイヤになったらすぐこっちゃに帰ってくるのやで、おヤスさんを忘れたらどもならん、わしが大事にあずかってるよってにほかに女子《おなご》をつくったらあかんで、たとえ一年ほど坊主の生活をつづけても、その間には一ヵ月にいっぺんぐらい二、三日の休みもあろうから、おヤスさんに会いにくるんやで、と念を押した。

二十八歳。——武次郎は高野山のA院の律師《りつし》となった。律師というとたいそうに聞こえるが、真言宗では小僧をしばらくするとみな律師で、その上は権少僧都《ごんのしょうそうず》、権中僧都、権大僧都となる。そのそれぞれの上位に少僧都、中僧都、大僧都の位がある。その上が僧正《そうじょう》となり、権少僧正以上五階級に分れ、最高の大僧正に至る。要するに武次郎は高野山に二十七歳にして入り、十六、七歳なみの小僧と同じ資格で、印刷屋でいえば再び追回しの世界に戻ったようなものであった。

これからの彼の苦労を叙すと長くなる。印刷屋の職人見習いから叩きあげた彼は、三十近くにして小僧になり、水汲み、まき割り、拭《ふ》き掃除などしても、さして辛くはなかった。一年くらいで大津に逃げ帰るだろうと思っていた印刷屋の主人の予想は外れ、休暇での帰省はおろかヤスにも主人にも便り一つ出さなかった。

ここで武次郎の僧侶《そうりょ》生活を叙すのは冗漫でないが、彼の律仙教発見の経緯に到ったほうが中心に逼《せま》る。その時期は入山三年後、彼が権中僧都にすすんだころといえば足りる。

何ごとにも発見には指導者があり、手伝い人がなければならぬ。剃髪《ていはつ》して定海となった武次郎の場合は先輩の小竹隆寛《こたけりゅうかん》がそうだった。この権少僧正はどこかの私立大学を中退して高野山に入ったが、何かと定海をひいきにした。

さて、秘法発見の第一は「理趣経《りしゅきょう》」である。「理趣経」は真言宗ではふだんに使われているが、朝夕の勤行《ごんぎょう》には必ずこれを誦《ず》し、普通の寺でも朝晩のつとめや、葬式、法要の際に読む。これは古い訓《よ》み方でなされ、しかも法要の場合は音節をつけて唄うがごとくに誦するので難解晦渋《かいじゅう》をきわめる。

隆寛が取り出して見せた仏教大辞典にある理趣経法の解説には、「理趣経曼荼羅《まんだら》を本尊として滅罪の為に修《しゅ》する法を云う」とあり、この法は殊に滅罪を第一の法と為す。其の故は殊に婬罪《いんざい》を滅する為に之《これ》を説く、故に或《あ》る説は大楽大欲印を以《もっ》て殊に秘印と為す云云《うんぬん》」と説明してある。――「但し此《こ》の法は金剛界法《こんごうかいほう》に依《よ》りて之を修すと雖《いえど》も、振鈴の後に理趣経十七段の段段印明《いんみょう》を結誦《けつしょう》するなり。此の印明は古来空海《くうかい》より相伝せるものとなす。」

理趣経十七段の段々とはなんや、と隆寛が仏教大辞典を閉じて試しにきくから、定海は、それは知ってます、朝夕の勤行には欠かせない経だすといって、みょうてきせいせいくしほさい、よくせんせいせいくしほさい、しょくせいせいくしほさい、と三段までつづけて誦《よ》んだ。ようし、それでええ、ほなら漢字で書けるかと隆寛はきく。定海は懸命に暗記したところを書いた。妙適清浄句是菩薩位《みょうてきせいせいくしほさい》、欲箭清浄句是菩薩位《よくせんせいせいくしほさい》、触清浄句是菩薩位《しょくせいせいくしほさい》、愛縛清浄句是菩薩位《あいはくせいせいくしほさい》……とならべたが、各段の下につく清浄以下の七文字はみな同じだから、頭の部分を一切自《いっせいし》在主《さいしゅ》とか見《けん》、適悦《てきえつ》、愛《あい》、慢《まん》などと変え暗記すればやさしい。

そうして、それぞれの段の終りにはいろいろな印《いん》を結び、フーンとかアーハとかフリーヒとかトゥラーンとかの神秘的な音を発する。

よし、それでええ、そんならこの各段の経文を漢字で読んで解《わか》るかと隆寛はさらに定海に訊く。これは彼に見当もつかない。また師の僧もこれはありがたい意義があり、曰《いわ》くいいがたしと申されたというと、隆寛は、そらそうやろ、分っておってもいえへんのや、と眼尻《めじり》を下げ、額には皺《しわ》を寄せた。何でですか、ときくと、これはみんな性《セックス》に関係があることや。定海は好奇心が猛然と起り、ほんまだすかと反問した。彼も大津以来高野山に来てからも周囲の影響で関西弁を使っていた。ほんまや、ほんまや、お前だけ教えてやる、ないしょやで、といってこんなふうに漢字の上を指で抑えながらていねいに解説した。清浄というのは清らかという意味、菩薩とは、この世の仏、菩薩位とはつまり仏の境地や、さて、はじめの妙適とは、あのときの頂点、アクメのことで、男女交合の際の恍惚《こうこつ》こそ清浄な仏の境地、つまりは人間の極致というわけや。次の欲箭清浄句是菩薩位ちゅうのんは、箭《せん》は矢や、つまり男の奔出することやな。触は互いの身体を触れ合うこと、愛縛はきつう抱き合うこと、など以下十七段を順々に説明したが、定海はびっくりした。愛清浄句が欲情するとき、慢清浄句が満足を表情に出すとき、身楽清浄句が機能の好調子なとき、香清浄句が匂いの漂うときと聞かされてはなおさらである。

　隆寛は、ゆったりと微笑し、なんでわいが嘘吐《つ》こう、お前が疑うなら院主さんでも誰でも偉い人にきいてみい、といった。そんなこと訊いてもよろしか。いや、かめへん、かめへんけど偉い人が返事に困るから、まあやめといたほうが無難やろ、と彼は仏教大辞典の理趣経法の項をもう一度開き、この法は殊に婬罪を滅する為に之を説く、という項を指し、婬罪を滅する為とは後人の道学的な註釈《ちゅうしゃく》で、本来は婬を罪としておらんのや、婬という漢字が誤解をうけるけど、密教は平安のころに空海が唐から持ち帰った、空海はインドの原始仏教といわれるものの実体をつきとめるため長安でバラモン教とサンスクリット語を習い、インド関係資料を日本に持ち帰ったけど、幸い、そのときはバラモン教はインドの原始民族信仰とくっついたもの、南国らしい生命のうたいあげがあるわ、インド仏教はチベットから蒙古《もうこ》に行って土地の特殊風土と合してラマ教となる、空海の持ち帰ったインドの経典の中にはそうした原始宗教的なものがあるけど、その生命の根元を男女交合の性に求めたのはやな、それが生産という人智で理解できぬ超自然の神秘に結びついたからや、これは古事記のイザナギ、イザナミの産土《うぶすな》神話でも分るはずや、つまりは理趣経は真言密教の最高の仏典に位することになる、これを空海がどのように大事にしたかということは、比叡山《ひえいざん》の最澄《さいちょう》が密教に関する資料をたびたび借用しているうち理趣経を貸してくれというたのを、空海ははねつけ、それがモトで両人は仲違いをした、ちゅう話でも分るやろ、と初めて聞く定海にはよく分らぬ話をした。

4

定海には、隆寛の話が頭からはなれなかった。女人は穢《けが》らわしきものと昔から入山を禁じたのは苅萱《かるかや》と石童丸《いしどうまる》の話でもよく分っているが、その戒律きびしい高野山の経典の最高が性行為を仏の境地としているのはどういうことだろう。そういえば理趣経は古音よみで、しかもフシをつけて誦するので文句をわざとぼかしているようにみえるし、ついぞこの経文について逐語訳的《ちくごやくてき》な講義をだれも聞いていない。どうやら真言密教は空海没後千百何十年の間この秘密を抱きつづけ、信者にはさとられぬよう僧侶どもが隠微の間《かん》に伝承しているように思えた。次からは隆寛さん隆寛さんと定海はいってはまつわりついて教えを乞《こ》うた。隆寛は中退ながら大学の文学部に学び、インテリだけに理解力が秀《すぐ》れていると尊敬したのは、中学校しか出ていない定海の劣等感からで、ことに活字を拾いながら文字をおぼえた向学心がそれに拍車をかけた。

勤行《ごんぎょう》の合間、雑用の合間には隆寛と定海はよく出会い、隆寛の研究話がはじまった。

坊主がみんなで唱える声明《しょうみょう》は一種の合唱だが、理趣経の中曲《ちゅうきょく》は声明のなかでも随一、ほら法会《ほうえ》のときに十歳から十一、二歳の小僧どもが斉唱するやろ、あれはキリスト教会の少年聖歌隊のようなものやが、小僧どもにはむつかしい節まわしを教えて音頭をとらせる、あの小僧の声が女の役割で、大人の僧の性欲を昂進《こうしん》させるようになっておる、ええか、本堂の須弥壇《しゅみだん》のまわりをまわりながら四角の角々に立ちどまって稚児僧《ちごそう》が一節唱すると、二十人ほどの坊主がこれにつけて和するやろ、あれがそうや。いわれてみると、なるほどな、と定海は合点した。隆寛はまたいう。仏さまは蓮《はす》の花の上に坐ったり立ったりしておられる、あの蓮はインドでは女性の性器を象《かた》どったもので、それが仏教では蓮の台《うてな》ということになるが、何のことはない、女の性器に坐すちゅうこと自体が男女和合の歓喜、即ち極楽成仏《じょうぶつ》を現わしとるのんや。真言密教の源流を尋ねて行くとラマ教に突き当る、ラマ教の歓喜仏《かんぎぶつ》はまさにそのものずばりだが、その歓喜仏が日本では観音や愛染明王《あいぜんみょうおう》となる、平安期に貴族の間で観音信仰がひろまったのも退廃文化と結んで分らぬことはない。インド的な観音に対し、シナ的な弁財天の信仰が起り、裸で琵琶《びわ》をひく江ノ島の弁財天、さては水商売の連中が信仰する生駒《いこま》の聖《しょう》天《でん》も、性と生産につながり、生産は金儲けと現世利益《げんぜりやく》に変ってきた。ほら、弁天さんのお使いは巳《み》やろ、巳はヘビや、ヘビが男性器の象徴ちゅうのんはよく知られてるやろ、陰陽《おんみょう》の合体と交配、これで分ったやろ、と隆寛は説き、そやさかい、聖天や弁天のある寺は、必ずといってもええほど立川流の名残りが残ったる、と隆寛はしゃべった。

立川流って何ですかいなと、定海が訊くと、お前、立川流を知らんのかいな、と隆寛が呆《あき》れた顔をした。へえ、按摩《あんま》揉み療治のことですか、というと、阿呆やな、いっぺん自分で仏教大辞典をひいてみい、といわれ、定海は隆寛から借りて、立川流のところを開いてみた。

――沙石集第八に其《そ》の邪義を評し、近代真言の流は変成就の法とて不可思議の悪見の法門多く流布《るふ》す、諸法実相一切仏法の詞、煩悩即菩提《ぼんのうそくぼだい》生死即涅槃《しょうじそくねはん》の文ばかりをとりあつめて、機法のあはひ、解行のかわれもしらず、男女を両部の大日なんど習ひて、寄あふは理智冥合《みょうごう》なんど言ひなして、不浄の行即ち密教秘事修行と習ひ伝へて、邪見邪念すてがたくして諸天の罪を蒙《こうむ》る、等と言ひ、又立河聖教目録に其の邪正を弁じ、問ふ、邪正分別とは如何《いかん》。答ふ、師言はく、邪流は法甚深なる由を言ひ、赤白二渧《しゃくびゃくにたい》を両部と号し、此の二渧冥合の生身《しょうしん》所有の所作皆法性《ほっしょう》なりと談ず。此《こ》れ極めて邪見なり。正流の意は、諸法色心本より阿字不生六大四曼《しまん》の体性なり。万法本来不生の義を悟らず、但《た》だ世間の事法に著《ぢゃく》して貪等の心を起す。邪見は貪に同ずと雖《いえど》も、不生の貪なりとの覚起らば此れ正見《しょうけん》なり。何ぞ男女和合し、赤白二渧を両部と号して邪見を起さんや。之《これ》に付いて多くの人邪見を起す、恐るべし々々。金剛王院流に、二水和合して一円塔と成り、一字転じて斉運三業と成ると云々。此の義を以て秘密と為《な》すは大邪見なり。諸法皆六大四曼三密の法体《ほったい》なる上は、法性を離れたる法なし。何ぞ必ずしも赤白二渧を甚深と談じ、人をして邪見を起さしめんや。大なる誤なり、と言へり。以て破邪の趣旨を見るべし。……

さっぱり、分らなかった。とにかく理趣経の性のところをとって宗旨《しゅうし》としたため邪教とされたことはたしからしい。赤白二渧とか二水和合とかの文字は甚だ露骨である。隆寛に訊いてみると、まったくその通りで、そこが邪教として高野山の真言密教より逐放をうけた原因や、逐放されるからにはそれまで立川流が高野山の内部に繁殖していたことを物語るものや、といった。——さらに立川流の名義は、鎌倉時代に武州立川の陰陽師《おんみようじ》仁寛を流祖とするからだという説もあれば、そうではなく仁寛は罪を得て京から伊豆大仁《おおひと》に流罪となった貴族だ。あるとき立川の陰陽師たちが仁寛に接触し、彼らの都合のよい説に換骨奪胎されたからだという説とがある。いずれにしてもこれを後《ご》醍醐《だいご》天皇の護持僧文観という者が大成したといわれ、男女を金剛、胎蔵両部の大《だい》日如来《にちにょらい》にあて、男女交合を以《もっ》て即身成仏《じょうぶつ》の法となし、煩悩即菩提の極意と称したとある。

高野山の正統派は立川流を邪教として排斥し、撲滅したと伝えられるが、理趣経の経文の意味を他宗はもとより真言密教内部でも分らせぬように隠していること、理趣経十七段に基づいて理趣経曼荼羅《まんだら》がつくられているが、その原本はこの高野山宝寿院に所蔵されていることなどから、立川流とはいえないまでもその教義の底流は未だに残っている、ただそれが表に出せないまでや、と隆寛はいった。

だいたい空海が唐から持ちかえったインド資料は、唐式に密教化される前なので、原始の要素があり、バラモン教の影響が濃い。釈迦《しゃか》の入滅後、弟子どもが寺院にこもって教条主義になっていたのを、民衆の間に釈迦の教えを開放したのが維摩居士《ゆいまこじ》だが、彼は教条主義者を小乗仏教と嘲《あざけ》り、自分らを大乗仏教だというた。けど、大乗仏教を発展させるためには民間信仰的なヒンズー教をとり入れなければならず、ここから土俗的な官能主義が入ってくる。官能主義は現実肯定だから、釈迦の虚無的な現実否定とは逆になってくる。釈迦の精神とは違うけど、この新解釈は民衆に受けた。つまりは、官能主義、愛欲を肯定することによって密教の即身成仏は達成される。

空海が唐からもってきたインド的仏教思想の中には愛欲肯定の考えがあったのや、そやから京に近い東寺《とうじ》に根拠を置いたんでは、なんとも官能的な刺戟《しげき》を与えすぎるというので高野山に引込み、山中に道場をつくったんやろうな。だから立川流みたいな教義も当然に発生したんや。

隆寛からその話を聞いてからは定海の高野山を見る眼も教典をよむ心も違ってきた。なるほどそう聞けば、釈迦の教えをのちにひっくりかえしたインドの教徒の気持は分る。どだい、人間の本能を抑圧する教義というものは不自然である。釈迦のような偉人でも修行中は性の煩悩に負けそうになったではないか。偉人でもない何千万の凡人に同じ規律を強いるのは道理に合わぬ、それよりも性の現実をあるがままにうけとり、その神秘性を人間幸福に結びつけたインドの原始宗教、ひいては立川流の考えがまことに自然で建設的に思われた。

真言密教には男女行為を思わせるいろいろなものが残っていると隆寛はいい、弘法《こうぼう》大師《だいし》が手に持っている五鈷杵《ごこしょ》、あれは真言の法具やけど、ようあの形をみい、両端が輪になって柄の真ン中のところがちょっとふくれとる、輪は人間の顔、柄は胴と脚、ふくれは両方の合したかたち、すなわち男女一体をあらわしたるがな、と隆寛がいったので、定海は実物にはこと欠かないから、つくづく手にとって眺め、ほんまにそう思ってみるとそうだすな、と感心した。

そのほか、読経《どきょう》のあとで結ぶ印《いん》、経によっていろいろ違うが、その指の結び方はいずれも交合をかたどったもので、坊主はそれを衣の下にかくして人の眼にはふれないようにする。ほれ、その印の結びようはこうや、と指で種々の形を隆寛はやってみせたが、その卑猥《ひわい》に気づいた。

ほどなく定海は自分で一つの発見をした。それは寺院のマークのようになっている卍であった。普通にはマンジと読んでいる。万字ともいう。定海が先輩に訊くと、文字に非ずして吉祥の記号であるという。また、仏の螺髪《らほつ》を表わしたのであるともいう。定海がじっとこの卍を見ていて、はたと膝《ひざ》を打った。これは二つの人がからみ合った姿ではないか。分解すればᒪとᒧの、人の寝たかたちになる。いずれを男とし、いずれを女とするかは問うところではない。これが重なり合って卍となった。すなわち男女交差の姿を象徴している。

隆寛は、定海の報告を聞いて眼を細め、お前もそこに気がついたか、ほんまにその通りや、釈迦のちぢれ髪の旋毛《つむじ》なんぞというもんやない、あれは苦しまぎれに説明していることで、ほんまは男女愛欲の相や、よう気がついた、とほめてくれた。

定海が愛欲の眼になって検索すると、真言密教の経典、法具、法式すべてこれ、そこより発するものならざるはなし、に見えてきた。

定海は、このような研究に一年間をすごし、その間、大津にいる内妻のヤスには便り一つしなかった。

5

尾山定海が「律仙教」を創設したのは三十一歳のときであった。その開教の発想が高野山時代の真言密教にひそむ原始宗教に触発されたのはいうまでもない。立川流とすれば俗に過ぎる。邪教として最初から排斥されそうだ。で、立川を音読みにして別の漢字に当てた。地名にはよく例のあることである。

だが、定海もはじめからひとりで開教の事業にとりかかったのではなかった。それには手がかりがなくてはならぬ。

高野山の宿坊《しゅくぼう》には参詣《さんけい》団体客のために案内の僧がいる。定海はそれを勧めた。金剛《こんごう》峰寺《ぶじ》の伽藍《がらん》、金堂《こんどう》、根本大塔《こんぽんだいとう》、不動堂。不動は男性、観音は女性、火焔《かえん》を背負った愛《あい》染明王《ぜんみょうおう》は不動明王に似て非で、これは両性の愛欲の象徴だす、弘法大師が唐から投げた三鈷《さんこ》が空を飛び海を飛び、落ちたところがこの高野山、それで大師が此処《ここ》を真言の道場にされたというのは通り来りの説明で、その三鈷の形をとくとみなはれ、男女交合のかたちでっしゃろ、と声を低めていうと、参詣人たちは一様に顔を見合せて笑った。百二十あまりある寺のうち、五十ほどが宿坊だが、どの宿坊にもこんな案内坊主はいなかった。苅萱堂《かるかやどう》から一ノ橋を渡った石だたみの参道は両側が古杉の並木となり、鬱蒼《うっそう》とした樹間には多田満仲《ただのみつなか》墓にはじまって武田信玄《たけだしんげん》・勝頼《かつより》墓、伊達《だて》家、島津《しまづ》家、石《いし》田《だ》三成《みつなり》、市川団十郎《いちかわだんじゅうろう》、徳川秀忠《とくがわひでただ》夫人、浅野内匠頭《あさのたくみのかみ》、木食上人《もくじきしょうにん》と時代も人物もごちゃごちゃだが、古めかしい五輪の墓は同じに見え、そのいっとう奥が開基弘法大師の廟塔《びょうとう》となる。団体の参詣人はここで一斉に南無大師遍照金剛《へんじょうこんごう》と数珠《じゅず》を繰るが、お大師さんはこの塔の下で眼《め》ェ開いて寝てはりますのやで、と定海がいうと、善男善女はお大師さんがまだ生きていてこの世の迷い人を見ていやはる、もったいないと手を合わすが、少し理屈ぽいのが、なんやお大師さんは極楽に行かはらへんで、浮ばれんのんかと訊《き》く。そこで定海は真言密教は現実肯定だから、大師はいつまでもこの世に存在するということからそういう説話になった。昔、一休《いっきゅう》禅師がここに来て、墓の下の大師と問答したという伝説もそこから生れると説明する。すると少し科学的にものを考える信者は、ははあ、すると大師の遺骸《いがい》はミイラになってはるという意味だすなアと訊いた。そうだす、そうだす、と定海はええ質問だとほめ、真言密教を究《きわ》めるとそれは蒙古《もうこ》のラマ教につき当りますんや、ラマの坊主は死期を知ると、食を絶ち、毎日少しずつ水銀を飲み、五体をカチカチに金属性のミイラにしてしまうということですわ、そやから大師もカチカチのミイラになってはるかも分りまへんな、と答えた。なんでお大師さんはミイラになんぞなりはるの、という素朴な質問には、もう一度現実肯定の教義をくりかえし、現実肯定が愛欲肯定につながること、男女和合の神秘が仏の境地つまりは人間の幸福につながることを説明した。

定海の説明はふざけた態度ではなく大真面目だったから、はじめはおもしろい坊さんやと思っていた常連の参詣団体の中でも、彼の案外に学のあるところを見直し、そういえば密教というのはそういうものかもしれないと思うようになった。とくに婦人団体にファンができた。

そうして、のちに律仙教の開教に力があったのは、岐阜地方の真言宗の婦人団体で、川崎《かわさき》とみ子、石野《いしの》貞子《さだこ》、西尾《にしお》すみ子、服部達子《はっとりたつこ》、早川信子《はやかわのぶこ》、三《み》谷《たに》ひろ子たちが創立幹部格となった。

定海はお膳立《ぜんだ》が終ると、高野山を降りて大津に帰った。四年間に二度帰宅したくらいで、あとは寄りつかなかったから、ヤスはとっくに逃げ出しているはずなのに、印刷屋の製本女工をして辛抱していた。定海は、印刷屋の主人へ顔を出して、済みませんが、もう少しの間ヤスを預かってください、と頼んだ。どないしたんや、いよいよ高野山で名僧智識になるつもりかと主人が訊くと、いや、そうじゃおまへん、今度真言宗から独立して一派を立てることになりましたさかい、えらいすみませんが、といった。律仙教というのはどないな宗旨か、と問われたが、それには笑うだけで答えなかった。本人にもまだ教義が具体化してなかった、のである。

川崎とみ子以下六人の幹部は、高野山に詣《もう》でる常連であったが、定海の余人とは違う説明に感心し、それでは定海さんのために寺をつくってあげようやないか、という相談になった。聞けば聞くほどいまの高野山のほうが弘法大師の教えを間違って伝えているように思われる。だが、ここで定海がその誤りを本山に向って指摘したところで、何百年の権威と伝統にかためられた高野山が素直に聞くはずもなく、懲罰《ちょうばつ》にあうか、気狂い扱いにされること必定である。それなら、一切の拘束をはなれて新宗教を創設したほうがよいということに一決した。信仰の自由は憲法で保障されている。

しかし、最初から寺院を建てるのは経済的に困難であるから、信者数を獲得するまで説教所のようなものをつくろうということになり、岐阜市から少しはずれたところにある建売りの家を格安で買った。二階家で二十五坪というのは手ごろだったが、これを幹部が共同で月賦にして払うこととなった。

川崎とみ子以下六人はいずれも三十の終りから五十歳までの人妻で、その亭主は中小企業の経営者がほとんどだった。彼女たちの高野山詣ではわが身の後生成仏のためでもあったが、亭主たちの商売繁昌《はんじょう》の願いでもあった。その点、定海が語る愛欲即身成仏の理論は、聖天や弁天の引例で彼女たちを魅了した。実は、高野山詣でを数年間つづけていたが商売の上では未だ霊験がなく、彼女らには焦燥と共に疑問も出てきていたのである。

定海はこうした信者の心理に応《こた》えるため、理趣経なり立川流なりの教義をもう少し研究した。いろいろな書籍を渉猟《しょうりょう》したのち、次の一文が眼を惹《ひ》いた。

――近来世間に内の三部経となづけて目出たき経ひろまれり、此の経昔は東寺の長者、天台の座主《ざす》より外に伝えざりけるを、近比《ちかごろ》流布《ふ》して京にも田舎にも人ごとにもてあそべり、此の経文には女犯《にょぼん》は真言一宗の肝心、即身成仏の至極なり。若し女犯をへだつる念をなさば成仏みちとおかるべし。肉食《にくじき》は諸仏菩薩の内証、利生《りしょう》方便の玄底なり。若し肉食をきらう心あらば生死《しょうじ》を出づる門にまようべし。されば浄不浄をもきらうべからず、女犯肉食をもえらぶべからず。一切の法皆清浄にして速《すみやか》に即身成仏すべき旨を説くとかや。又此の経に教うる所の法を行わば本尊たちどころにあらわれて明かに三世の事を示して行者にきかしめ、福徳を与え、官爵をさずけ給う故に此の法の行者現身《うつしみ》に神通を得たるが如し。智弁共にそなわり、福徳自在なり。されば昔の大師先徳の験徳世にすぐれてとぶ鳥をも落し、流るる水をもかえし、死するものも生け、貧者を富ましめし事、ひとえに此の法の験徳なりと申しあえり。……

　これあるかなと定海は横手を搏《う》った。本尊たちどころに現われて三世の事を示して行者に聞かしめるとある。しかして行者を通じて福徳を与え、官爵を授け給う。さらに福徳は金儲け、官爵は栄達のことである。定海は行者になるため、向う一ヵ月間、山嶽に籠《こも》ることを六人の婦人支持者にはかった。六人いずれも賛成した。この六人の幹部は開教にひきつづいて教義宣布の大黒柱となり、定海の手足となるものである。釈迦は十大弟子をもち、キリストもペテロ以下の十二使徒をもった。彼らは宣伝使であり、教団のオルガナイザーである。

定海はただ険阻な山中を探して行者の荒行をするとのみいって、行先を告げなかった。既存の宗教を否定するから、行者修行の道場といっても吉野《よしの》も立山《たてやま》も湯殿山《ゆどのさん》も役には立たぬ。秘教を開くには教祖独自の場がなければならぬ。定海は木曾《きそ》山中に分け入ったとみせかけ、中央線三留野《みどの》駅からタクシーで温泉場に到着した。彼はそこでももっともひなびた旅館を択《えら》んだ。

人跡稀《まれ》な深山幽谷というのは現在の日本からは消失している。交通の発達で、何処に行ってもアベックやハイカーで穢《けが》されている。千何百年昔の役《えん》の小角《おづぬ》の時代とは違うから、行者を志す定海が文明の利器である列車やタクシーを利用するのは当然で、わざわざ足を痛めて歩くのは愚であろう。しかし、彼が温泉場から、さらに木曾谷の奥に分け入ろうとせずに何者かを待つごとく宿の浴衣着で落ちついているのは少し奇怪であった。

まず、到着二日後にその宿に来たのは川崎とみ子ひとりであった。彼女は定海が高野山の案内僧のころに彼に早くも嘱目《しよくもく》した婦人で、定海さんに寺を造ってあげようではないかと音頭をとった一人であった。四十二歳、亭主は小さな土建業で、すでに成長した一児の母である。

6

川崎とみ子が二泊して帰ると、なか一日おいて石野貞子が宿に単独で来た。彼女は三十八歳、亭主は、というよりも家は製菓業であった。児なし。彼女もまた定海の説に感服し、寺を造ることに音頭をとった。

川崎とみ子と石野貞子とが相ついでこの宿に来たとしても、両人の間に何の打合せも連絡もなかった。事前の打合せは、定海と川崎とみ子、定海と石野貞子との間だけだった。行先も宿の名も彼が出発前に耳打ちした。

その理由は、新宗の開教は容易なわざではないから、行者となるにはたいそうな荒行をしなければならぬ。それは従来曾《かつ》てないものになろうが、それには生命の危険が伴う。もとより行者に成り切ってしまえば仏の加護をうけるので何のことはないが、それまでが心配である。そこで介添《かいぞえ》として来てもらいたい。だが、これは独りに限る、また余人を語らってもならぬ。もし、伴《つ》れをつれてくるか、人に洩《も》らすようなことがあれば、仏罰により自分はもとよりのこと、あんたも共に無事には居られぬだろうと告げた。

年下男の荒行のために介添をするのは、女の母性本能をかき立てた。ことに開教のためだというので聖なる援助だと思えた。次には誰にもいうてはならぬという秘密性、元来婦人は秘密を好むもので、これは女の独占心理から発していると説く学者がいる。つづいて、喋《しゃべ》れば、仏罰が定海と自分だけに下るという言葉は二人だけの連帯意識ともなった。川崎とみ子は、夫に適当な口実を設け、岐阜駅から中央線に乗った。

宿で定海と会った川崎とみ子が、定海の荒々しい形相と神秘的な言辞にたぶらかされて身を任せたのは、定海の予定通りであった。定海は三十一歳の壮年である。彼は年少流浪の際、年上の女からその愛欲の妙諦《みようたい》を会得《えとく》した。川崎とみ子は彼から二晩ほとんど睡眠を与えられずに快い虐《さいな》みにあい、魂の星天の間に浮遊するが如き心地になった。もっとも、その間、定海はとみ子に向って一言も愛情めいた語を発しなかった。もし、それを云えば行者にも教祖にも成れぬ。人間臭い愛情を相手に吹きこめば、もつれたときに面倒が起る。女の嫉妬《しっと》は人間に対するものだ。行者はカリスマ的でなければならぬ。

とみ子を宿から帰すとき、定海はこれにて人間の煩悩が身体より去ったので、後刻山に踏み入るのだとおごそかな顔つきでいった。妙適清浄句是菩薩位《みようてきせいせいくしほさい》等に暗示を得て愛欲即身成仏の教義を開く定海としては理論に矛盾があるが、その矛盾に気付くよりも行者は聖なるものとの既成観念がとみ子を支配して、それを怪しまなかった。次に来た石野貞子も同様で、彼女も二晩、定海のために花咲く園に迷うがごとくになった。貞子が宿を出発するとき、これよりひとりで深山に分け入ると定海が告げたのは前と同じである。三十八歳の石野貞子は川崎とみ子より四つ若い。彼女は上気の醒《さ》めやらぬ顔で温泉を去った。

定海は宿からいっこうに腰をあげなかった。服部達子、早川信子、三谷ひろ子、西尾すみ子と続いて来たからである。いずれも、自分ひとりで定海と結ばれたと思っている。抵抗なく、羞恥《しゆうち》のうちにも嬉々《きき》として定海の腕の中に入った。愛縛《あいはく》清浄句是菩薩位と定海は女を宙に游《あそ》ばせながら誦《ず》した。寺院で仕込まれた節まわしは、少々鼻にかかった声で絶妙であった。元来、僧侶の読経は睡気を誘うことでも分かるように催眠術と同時に性的な陶酔に通うものがある。

信者の人妻幹部が何の疑問もなく定海の手に落ちたのは、すでにこのころから定海にシャーマンの徴候がみえたのであろう。シャーマンが絶対的な形式において現われるとき、一つの出来ごとが必然的、不可避的なこととして考えられる。これは人間の理性を超えた絶対的なものとして理解され、盲目的な真実を強制される。心服した女たちを帰したあと、定海は宿を出て木曾谷の国有林をさまよった。しかし、野宿したのではない。夜はちゃんと温泉宿に戻った。檜《ひのき》、杉等の樹海の逍遥《しょうよう》はこれより宗義をどのように弘《ひろ》めるかにあった。思索しつつ歩いても路《みち》を失うことはない。材木を運ぶ林間鉄道の軌道が目印となる。宿に戻れば、適当にその近くの女を呼んだ。金は岐阜から来た六人の幹部がそれぞれ置いて行っていた。定海は一晩でも女なしには寝られなかった。高野山の四年間は、たとえときどき極楽橋附近か橋本辺の娼婦をこっそり買っていたとしても、辛《つら》くて不自由であった。その四年間の解禁が彼を一挙に昂進《こうしん》させたといえるが、しかし、その荒淫《こういん》とみえるものも修練として彼に期するものがあった。

思索の果てに、定海は結局理趣経を教義の根幹とすることにした。理趣経はやはり密教の最高である。これを援用したとしても非難されることはない。他宗でも理趣経を採り入れていると聞いている。それなら本尊はどうするか。
愛染明王もいいが、あまりいかめしすぎて女むきではない。それにこの仏像は造らせるにしても買うにしても高すぎる。やはり弁財天がよかろう。弁財天を男女仏両部冥合《みょうごう》の秘尊とし、両部合一の秘仏とする。はじめは卍すなわち万字のかたちをいま少し変えて工夫しようと思ったが、仏像としては奇に過ぎる。それに近ごろの若い者はナチスの記章と思い違いをするか分らぬ。

十二日間経って、定海は木曾の宿を引払い、岐阜に戻った。川崎とみ子以下六人の婦人幹部が彼を建売りの家に迎え入れた。家の中は幹部連の肝煎《きもい》りで新しい調度がしかるべく入れてある。新畳は匂い立っている。定海は生れてはじめてわが家を得た。

彼女たちの態度もまるきり違っていた。これまではスポンサー気どりだったが、今は教徒に変っていた。もちろん木曾の宿のことは相互で隠し合っていて、ただ秘めた眼差《まなざ》しが的のように向うのは定海の上だけだった。定海もまた無精髯《ひげ》を伸ばしたままにし、呪術者らしくなってきた。

二十五坪の建売りの家でも律仙教の聖なる出発であった。定海は、この家の階下で最も広い奥の座敷を霊場とした。先生、本尊さんはどないしますか、と川崎とみ子が訊くので、それはわしが求めてくるからよい、といった。教祖ともなれば関西弁では威厳がないから言葉を改めたのだが、経文は、と問われて密教だから理趣経にしようといった。

観音か弁天の木像はどこの古道具屋にもあるが、近くで買ったのでは出所が知れる。定海は京都まで買いに行き、その帰りに久しぶりに大津に寄った。印刷屋をのぞくと、ヤスが製本場で若い女工にまじり、せっせとページものの帳合いをとっていた。その姿に定海は泪《なみだ》が出そうになり、ヤスの姿こそ観音さまではないかと思った。しかし、超人としてこれから演技をするには浅薄《せっぱく》な感傷に溺《おぼ》れてはならぬと自戒した。主人が奥から出てきた。どないしたんや、ヤスさんを引きとりに来たのと違うか、と定海の髯面を胡散《うさん》臭げに眺めた。もう少し待っておくんなはれ、と此処《ここ》では釣りこまれて関西弁に戻り、実はもう少しで目鼻がつきまんね、といった。あとどのくらいやときくので、そうだすな、半年ぐらいでっかな、と首をかしげながら予測をいった。いや、おヤスさんはよう働いてくれるさかい、なんぼでもウチに居てもらいたいけど、お前が居らんのに可哀相でな、高野山での四年間の留守の上に、またあと半年やいうのはあんまりやないか、人を助ける道に入るのもええが、女房泣かせたら栄えはせんで、と店主は意見を混じえて叱言《こごと》をいった。

定海はだいぶ信者ができていること、半年あとにはヤスを必ず迎えると約束したが、建売りでも一軒自分のものになっているとはいわなかった。ヤスをすぐにでも連れて行かなければならなくなるからである。

店さきで話していると、仕切り戸の向うの活版工場からは印刷機械の音がしきりと聞こえ、彼が前にここで働いていた時分の職人が仕事の打合せに主人の傍に来たりした。お互いに顔を見合せ、やあ、ご機嫌さん、といったが、あのころからみると顔も身体も年齢《とし》をとり、仕事着だけは油で汚れて変らない職人を見ていると、あのままでいたら自分もこの男の通りになっている、と思った。その代り、自分の境涯は四年の間に変化を重ねたが、この職人は十年一日のように同じ状態でいる。小さな生活と平和に満足している。自分はこの職人のようにならないために奮起したのだが、これからさき、どう変ってゆくかまるで霧の道を歩いているような具合だった。

店主が気をきかし、ヤスを早退させてくれたので、定海はいっしょにわが家に戻ったが、岐阜の説教所とは違い、ヤスの世帯のうまさもあって、やはり、家庭的な気持に落ちつく。

しかし、このような世俗的な妥協では、今後の難路に失敗する。自らを鬼神の使いに、鍛えねばならぬと定海は決心した。

7

一年後、定海の律仙教は岐阜地方でかなりな発展を示した。それには川崎とみ子、石野貞子、西尾すみ子、服部達子、早川信子、三谷ひろ子の文字通り献身的な協力があった。協力というよりも、彼女らが主体となって信者獲得に奔走した。定海は呪術的存在であるから、できるだけ俗世間に顔をさらさないほうがよい。鬼道に事《つか》え、能《よ》く衆を惑わす。王と為《な》りしより以来、見る有る者少く、婢《ひ》千人を以て自ら侍せしむ。これは三国史東夷《とうい》伝倭《でんわ》人《じん》条の条、卑弥呼《ひみこ》のことだが、呪術者はこれが理想である。俗人には滅多に顔を見せないほうがいい。すべて神秘の帷《とばり》の中に在って声だけ聞かせたほうがよいのである。侍女千人とまでゆかなくとも十人ばかりの女にかしずかれ、その中の最も気に入った一人が呪術者のもとに出入りして辞を伝える。自分の場合、女唯々《いい》一人有り、飲食を給し、辞を伝え、居処に出入す、である。

王と為《な》りしより以来、見る有る者少し。この王とは呪術の王である。古代または未開地にあっては、王が呪術師として出発し、次第に呪術的儀礼を祈禱《きとう》及び犠牲などの祭司的機能に転化してゆく。人間と神との間が判然とせず、神が人間の形において受肉するというこの信仰は、社会のいかなる階級よりも王に益する。偉大にして強力なる精霊に、小なる巫女《ふじょ》たちは慴伏《しょうふく》し、人民の先達となる。偉大なる精霊と巫女たちとの間に交霊交肉はあっても、それによって巫女たちの間に人間的な紛争、たとえば嫉妬し合うといったものはなかった。このころになると、川崎とみ子と定海との交肉が知れわたっても、石野貞子や西尾すみ子らは何ら人間的な感情を起さなかった。同様に川崎とみ子も服部達子や早川信子や三谷ひろ子に嫉妬することはなかった。

　律仙教の宗旨は密教の根元に遡《さかのぼ》っている。平安以後の密教が時代の政治体制と妥協し、さまざまな夾雑物《きょうざつぶつ》を加え、また法燈が荘厳具《しょうごんぐ》に飾り立てられ儀軌《ぎき》に形式化されて、その精神を失ってきた現在、定海は密教の原始性、純粋性に還《かえ》れというのである。陰《おん》陽《みょう》の理《ことわり》は万古の真理であると説く。立川流を邪教として排斥したのは、宗教が体制に屈伏したからで、高野山廟塔《びょうとう》下に在る空海の眼が開いているなら、泪《なみだ》を流していよう。

　定海は病気を癒《なお》した。彼のカリスマ的生活は、おのずから神秘の力をつけさせ、呪医に成らしめたかのようである。とくに、金儲け、商売繁昌《はんじょう》を宣教の重点にしたが、これは女たちがもっぱら当った。宗教の出発はすべて現世利益である。彼女たちの亭主の商売も繁栄にむかった。律仙教を信じてからそうなったのだからふしぎである。だが、実際は彼女たちが人に吹聴《ふいちょう》するほどの繁昌ぶりになったかどうか分らない。むしろ、折からの経済成長の勃興《ぼっこう》に乗じたというほうが当っていよう。しかし、衰微に向うよりはいいにきまっている。わずかでも上むきなら、それを律仙教のおかげにすることができる。

律仙教は、夫婦の和合を宗旨としているからこれを奨励した。宗教を伴わない話だと、これは卑俗となり、巷間《こうかん》の卑《ひ》猥《わい》談と変らぬ。だが、イザナギ、イザナミの神話にある、天《あめ》の沼《ぬ》矛《ぼこ》をさしおろし画《か》き給い、ひき上げ給うとき矛の末《さき》よりしたたり落つる塩とは、沼矛を濡《ぬ》矛《ぼこ》と解すれば合点がゆくことであり、わが身の成り余れるところとは男根であり、汝《な》が身の成り合わざるところとは、女陰であり、刺し塞《ふさ》ぎてクニを生みなさんと思うとは、交合し子を産むことである。古事記はまことにおおらかな表現をもちい、学者もみなそのような註釈《ちゅうしゃく》をつけているが、これを猥褻《わいせつ》な文章と思うものは一人もいない。神話の故にこれを見《み》遁《の》がし、仏教だからこれを咎《とが》めるというのは相変らず神道優位の観念であって、まことに怪しからぬ。天地の真理、人間の自然性、世界じゅう変るところはない。この自然の真理を歪《ゆが》めて弾圧したところに世の中が歪み、人間に病気が多くなったのである。

　定海はそのようなことを説き、理趣経を高らかに誦《ず》し、夫婦和合の以《もつ》て足らざるところを病気の因、商売不利の故にした。そないにいやはっても先生、うちの亭主はすぐ弱うなってそうはいうこと聞いてくれまへん、と信者がいえば、それはあんたの信仰が足りぬからじゃと叱り、どうも商売がもひとつだんな、と訴えると、それも信仰が足りぬからじゃ、お前さんの努力が不足しておる、と叱り、妙適清浄句是《みょうてきせいせいくし》菩薩位《ほさい》と理趣経十七清浄句の理を説教して聴かせるのであった。

　昔はな、と定海は女たちや婦人信者に話して聞かせた。この隠れ宗旨の秘事に髑髏《どくろ》の上に男女の和合水を百二十ぺんくりかえし塗ったものを本尊としたものだ。和合水は行者がこれはと思う女と寝て得たものだが、まずはじめに髑髏の上に金箔《きんぱく》銀箔を各三重に捺《お》しその上に曼荼羅《まんだら》を描き、また金箔銀箔を捺す。その手数や知るべしである。かくて出来上った髑髏は人の通わぬ場所に置き、そこに珍酒佳肴《かこう》を整えおきて、行者と女人のほかは入れず、愁い心なく正月の三ガ日のごとくに遊び、読経も手の動作も休んではならぬ。こうして造り立てたなら、これを壇上に安置し、山海の珍物、魚鳥、兎鹿の生肉の供具を備えて反魂香《はんごんこう》を焚《た》き、まつりを行うこと丑寅《うしとら》の刻に及ぶ。かくて供養すること七年に至り、八年目にこの髑髏本尊がはじめて行者に成就を与えるのだ。

　定海はつづけていった。その成就の状態は三段に分れる。上品《じようぼん》に成就するものは本尊が言語を発して三世の事を行者に告げ神通力を得たるが如くにさせる、中品《ちゆうぼん》に成就するものは行者の夢の中で種々の事を知らせる、下品《げぼん》に成就するものは夢告などはないが、世間的の願望はすべて成るという利益を獲得する。こういう次第じゃ。

　聞いた女たちは驚き呆《あき》れた。ほんまにそないなことがおましたのやろか。定海は笑い、あったともなかったともいえぬ、けど、昔のことだから現代の事相では計られぬ、第一、今は髑髏など手に入れようがないではないか。和合水なら心がけ次第でなんぼでも得られるがの、といった。

　しかし、と定海は註釈をつけた。この話はおおかた比喩《たとえ》であろう。髑髏に塗るというのは眼に見えぬ目的物をいうので、要するに百二十ぺんも繰り返して和合水を塗らねばならぬほどに夫婦の営みに励めよということじゃ。よいかな、髑髏とはあんたがたのご亭主じゃ、亭主を髑髏と思うがよい。

　それで定海は、この宗義から婦人の信徒は必ず夫ある身の者でなければならぬとした。未亡人や未婚の女は信者にしなかった。なぜなら、夫の無い女に和合の道を教えると、それこそ邪淫《じゃいん》となる。これは仏陀の教えにも空海の意志にも背《そむ》く。原始宗教の倫理感は案外に健全で、世道人心と一致するものがある。

それなら、夫ある身の川崎とみ子、石野貞子など六人の人妻と彼が通じているのはどのようなことになるのか。しかし、これは許されるのである。なぜなら定海は呪術者であって、世俗的にいうヒトではない。川崎とみ子たちは行者の媒介であるから、その関係においてはやはりヒトでなく仏の使徒である。したがって彼と彼女らとの交肉は交霊を意味するので、世俗的な人妻ではない。不貞といった世俗的な非難は当らないのである。だが、呪術者でない他の男と彼女らが交るときはあきらかに不貞である。定海はこのように説明して、女たちを安堵《あんど》させた。

このころになると、定海も大津からヤスを呼んで、家の裏に六畳の間を建て増して住まわせた。印刷屋の製本場で働いていたヤスは、どのような環境にいてもあまり感動はなく、夫が先生とあがめられ、自分が奥さまと呼ばれてもそれほどうれしそうではなかった。というよりも、環境の激変に途方に暮れたという恰好《かっこう》でいた。おれは今までと違う、仏さまのお使いだから、普通の夫婦なみに考えたらいかん、おれがどないなことをしようと、みんな仏さまのお指図やで、律仙教を世にひろめて、仰山な人を救うためには、おれがどないなことをしようと見て見ぬふりをしときいな、ヤキモチやいたらあかん、ええか、律仙教が大きくなったらたんと金が入るよってにお前も楽ができるでなあ、おれが川崎や石野や西尾などと別室で一人ずつ話しとるのは、律仙教を大きゅうするための打合せや、宗教やから、話を人に知られたら困るのんや、密教というのは何ごとも秘密秘密にことを運ぶようになっとる、ええな、よけいな気をまわすのやないで、と、くどいほど教えた。

そんな念を押すまでもなく、ヤスはこのなじめない環境に圧倒されていた。もともと感覚の鈍い女で、彼が右を向いていろといえばいつまでも右を向いているようなところがある。

それから一年して律仙教はもっと大きな家を買った。建坪が百坪もある総二階である。階下の十二畳の間を仏間として、それを内陣と外陣《げじん》に区切る本格的なものだった。内陣は暗く、蠟燭《ろうそく》の火が金色の荘厳具《しょうごんぐ》を神秘的に照らし、本尊は天蓋《てんがい》の下、帳《とばり》の垂れた厨子《ずし》の扉中からわずかにのぞいているだけだが、外陣に坐って首をさし伸ばしてのぞいても内陣のあたりは幽暗の中に閉ざされ、その間の細長い四畳半で人がうごめいていてもいっこうに判別ができなかった。

二階は前にいた主人のつくった小部屋が五つ六つそのままに残されていたが、ヤスはそこには居ず、この家の北の端にある女中部屋かと思うような小部屋に寝起きしていた。

川崎とみ子が、一週間ぐらいこの家に参籠《さんろう》するようになった。その時は二階の小部屋が宿泊所となる。も早、内陣本尊の前でだけでは定海との交肉が不満になっていた。一週間の参籠では定海が毎晩その宿泊所に忍んでくるので法悦に浸り切れた。亭主も子供も彼女の念頭から去り、その強烈な信仰には亭主も沈黙するほかはなかった。参籠は、川崎とみ子だけでなく、石野貞子も、西尾すみ子も、以下六人の幹部婦人がかわるがわる行った。

同じ時期に、二人も三人も同時に参籠することがある。定海は、二階の各部屋を順々に回らなければならなかった。

8

しかし、このようにしても、律仙教は予期したようには発展をみせなかった。信者も二百人近くは獲得できたが、それ以上に伸びない。あるいは現世利益がそれほどでなかった結果かもしれない。また宗旨の強烈さについてゆけなかったのかもしれない。

この家を買うのに無理があって、経済的にも苦しくなった。女房連の献金も、亭主持ちでは限界がある。

川崎とみ子の亭主が病気になった。医者は腎臓《じんぞう》障害と診断した。先生、祈禱《きとう》してもらえまへんやろか、と、とみ子が頼みに来たので、定海はお前の和合の励みが足らんのやろ、といった。そないなことはおまへん、わてはつついてますのやが、亭主の身体がどうにも弱りましてな、亭主はお前のいうことをききすぎたよってに、衰弱したんやといいますねん、と、とみ子は弁じた。とみ子は色白の肥《ふと》った女である。定海と交肉したあとも亭主を攻める余力は充分にあった。

そら、お前がいかん、和合の道は一日も欠かすべからず、一度より二度、二度より三度がよい。腎臓の病気はすぐ癒《なお》る。お前のような幹部がそんなことでどうする、亭主が弱っていたら、薬でも強壮剤でも何でも飲まさんか、と、信仰に医薬は不要なはずなのに定海は矛盾したことをいった。へえ、飲ませたり、注射したりしてますんやけどなあ、と川崎とみ子は首をかしげていたが、定海の命令は神聖で絶対だった。彼はすでにシャーマンであった。そして信徒を盲目的に支配していた。川崎とみ子の亭主は半年患って死んだ。死んだときは心筋梗塞《しんきんこうそく》を併発していた。川崎とみ子は、定海の呪術の権威を疑わず、それは亭主の寿命が尽きたのだと信じた。人間だれしも死から脱《の》がれることはできない。生きものである以上、死は産れたときから決定している。この決定された死の時期、それが寿命である。これは貴賤《きせん》を問わない。だが宇宙によって決定された死の時期以前に死ぬのは寿命ではない。その場合の病気は必ず信仰で癒せる。

川崎とみ子が、定海に五百万円を持ってきて律仙教に奉納したいと申し出た。どうしたかと定海がきくと、亭主の生命保険がとれたからそっくり寄附するというのである。

考えてみたら、わてら律仙教には何もまとまった寄附をしてませんよってになあ、ほかの宗教やったら、ほれ、屋敷を売って財産を寄附せい、財産を持ってるからそれが心の埃《ほこり》になって病気になるんやというてますやろ、そんで律仙教には何もしてへんさかい、こら、あかんと思うてこのおやじの保険金を持ってきましたのや、と川崎とみ子はいった。そうか、それはどうもありがとう、おかげで助かる、と定海は礼をいったが、とみ子のいう通りまとまった金はこの寺には入っていない。月々の信者からの奉納はあるが、それは家を買った借金への返済もあるので楽ではなかった。まとまった基金がなくてどうして教団活動ができようか。ここで相当な金が欲しい。それは活動資金だけでなく、律仙教が駄目になったときの自分ら夫婦の行く末のためにも考えなければならなかった。

しかし、信者はいずれも中小企業の経営者で、商店主や町工場のおやじが何百万円もの金を出すわけはなかった。今はその女房たちが売上げの中から鼠が餅《もち》をひくように少しずつ取ったり、亭主を説得して金を出させている。

定海が五百万円であまりによろこんだのを見た川崎とみ子が、なあ先生、みんな貧乏でいっぺんには金をよう出せへんけど、保険金ぐらいは出しまっせ、どうですやろ、みんなおやじを保険に入れて、その保険金を教団に寄附させては、と提言した。定海は、それはありがたいがといったが、あまり乗気ではなかった。これには非現実な面が二つある。一つは、亭主どもの寿命がいつまで続くやら分らず、あと二十年も三十年も生きられたら、保険金が入ってくるのは雲煙の彼方《かなた》ということになる。一つは、亭主が死んでその保険金がとれても、家族や親戚《しんせき》もいることだし、女房が寄附しようとしてもそうはゆくまい、女房の勝手にはならぬだろう。すれば、結局は女房のカラ手形で、当てにはならぬ。

川崎とみ子は定海の心持を聞いて、もっともだというようにうなずいていたが、思案した末に、ほなら先生、こうしたらどうですやろ、信者の全部というわけにはゆかんが、幹部の五人、石野、西尾、服部、早川、三谷にいうてそれぞれ亭主に保険をかけさせ、その受取人名義を先生にするのですわ、そしたら受取りのとき家族親族との間にゴチャゴチャが起らんで済みまっせ、と名案を提示した。そうか、それはいいが、そう都合よく皆が承知するかな、と定海がいうと、何をいうてはるねん、先生のためやったら、みんな火の中、水の中でっしゃろ、と、とみ子はにやりと笑った。むろん彼女もほかの五人と定海の関係は熟知していた。知っていて凡人らしい感情を波立たせないところが信仰の使徒であった。それはほかの五人も同様である。

川崎とみ子の予想に間違いなく、二、三日もすると、石野貞子、西尾すみ子、服部達子、早川信子、三谷ひろ子が自分の亭主に保険をかけ、受取人を律仙教代表者定海こと尾山武次郎にしたいと相ついで申し出た。定海はよろこび、みんなの気持はよく分るが、あんまり無理をするなよ、とここで日ごろのカリスマもひどく人間的な言葉になった。いいや、無理しますかいな、これくらいは当り前だす、そやけどうちのオヤジはいつ死ぬか分りまへんから先生も気長に待っておくんなはれや、と口々にいって笑った。

川崎とみ子が、寺の二階にひとりで引越してきた。これまで参籠していた部屋に入ったまま二十日も一カ月も動かなくなった。まさにそれは移転であって、亭主が死んでしまえばだれに気がねもなくここに居すわってしまい、子供はあとの事業をみる弟夫婦に任せた。当人は律仙教の事務局長または呪術王定海の世話がかりと取次の役のつもりになった。唯々《いい》男子一人有り、飲食を給し、辞を伝え、居処に出入す、の男子を、女子にかえたようなものだった。

定海は毎夜のようにとみ子のところに何時間かを過して、階下の裏部屋にいるヤスのところに戻った。ヤスにはどんなことがあっても嫉妬《しっと》をするでない、すべては律仙教発展のためだといい聞かせてある。ヤスは長い間、大津の印刷屋の女中や、製本場の女工をして主人夫婦のいいつけを忠実に守ってきた女で、そのために感情が去勢されていた。もともと感情の鈍いほうなのに主人の命令に馴致《じゅんち》されて定海のいうことにもさからわず、おとなしくしていた。定海はヤスが少々愚鈍ではないかと思っているのだが、騒ぎ立てられるよりは、はるかに助かった。

川崎とみ子が寺院の二階に居ついてしまったことで衝撃をうけたのは、ヤスよりも西尾すみ子以下の五人の女で、嫉妬はないが羨望《せんぼう》を起した。それで参籠が頻繁となってきた。定海は自分の身体の衰弱の危険をまず防がねばならなくなった。

定海は助手がもう一人欲しくなった。それだけでもずいぶんと助かる。が、こればかりは一般から募集するわけにもゆかず、だれにでもその資格があるわけでもなかった。滅多な人間を採用すると、秘密が分って、外部にどのような悪宣伝をされるか知れなかった。

定海は、富山の印刷所で働いたころの宮田を想ったりした。あの新興宗教の教祖を志した渡り職人はどうなったのだろう。病気で寝ついたとき、羽織姿で説教にやってきたが、あれが手はじめだったようである。人のいい男だが、彼も自分の行く末に不安をおぼえ、もっとも金儲けになる宗教の教祖を志願したのだ。しかし、新興宗教の創立の苦しさはいまこっちが経験している通りだから、よそ目で見るのとはだいぶん違う。宮田はどうなったか。もし、彼がいれば助手として恰好《かっこう》だがと思う。少し年をとりすぎているが、秘密を守って忠節を尽してくれるのはたしかなようだ。あのとき、宮田の故郷でも聞いていたら、そこに問合せることもできるが、手がかりはなかった。教祖は失敗したに違いないから、やはり今でも年くった渡り職人として田舎の印刷屋で眼を細めているような気がする。

西尾すみ子の亭主が倒れた。亭主は洋服の仕立屋で、弟子と職人とを三人使い、市内の洋服店の下請けをしていた。家の奥で昼でも電灯をつけ、いつも忙しそうにしていた。座職というのは身体に悪いが、西尾の亭主もやせた身体をしていた。肝臓障害で夫婦のいとなみはよくないというのに、定海はすみ子に宗義の道を徹底させた。すみ子は宗教は宗教、医療は医療と割り切って医者を呼び、毎日の往診に寝ついた亭主に栄養剤の静脈注射をしていた。すみ子にすれば下請けの註文《ちゅうもん》仕事がいっぱい溜《たま》っているのに、いつまでも寝つかれては困るからだが、すみ子の介抱や医者の注射が効いたのか、当人はそれほど悪くもならず、といって快《よ》くもならず、持ちこたえつづけていた。だが、すみ子本人は、三日置きぐらいにやってきて、枕頭の祈禱《きとう》をしてくれる定海の呪医的な魔力を信じていた。

9

　定海は肉食を好む。牛肉でも豚肉でも一日三度の食事のうち一度は必ず食膳《しょくぜん》に上らせた。むろん現在密教僧が肉食したところで破戒坊主ということはない。寺院の奥の密室で魚肉を食ったり、寺婢の名目で女を置いたりした中世、近世の僧侶の偽善は、不自然な抑圧からきているので、親鸞《しんらん》がこれを撥《は》ねかえしたのはいいが、なぜもう少し思い切って赤白二渧《しゃくびゃくにたい》不二一体の主張をしなかったかと、定海は説教のたびに残念がった。そんなわけで彼は肉食を好む。これをしなければ精力の充足がつかなかった。

　ある日、台所でひどく臭い匂いがした。定海がのぞいてみるとヤスが鍋《なべ》に肉を煮ている。普通の匂いと違うので、どうしたのかと訊くと、二週間前に買っておいた豚肉を冷蔵庫に納《しま》ったまま忘れていたという。あんまりもったいないさかい、いま煮ましたんやけど、けったいな匂いがするよってに腐ってるのとちがいますか。定海は、阿《あ》呆《ほう》、腐ってるにきまってるやないか、いくら冷蔵庫に入れておいたかて、二週間もナマのまま放っておいたら腐るにきまってるがな、はよ捨てんかいな、臭うてならん、と叱った。ヤスは、鍋ものの肉と汁をポリバケツに移したが、バケツの底は脂の汁で満たされた。定海はそれをじっと見た。

　彼は何を思ったか、その腐汁を茶碗にとり、うす暗い内陣の、本尊の前に供えた。

そこで彼は、理趣経だけでなく、瑜祇経《ゆぎきょう》、宝篋印経《ほうきょういんきょう》をも誦《ず》した。誦《よ》み終るまで長い時間を要する。己れの発する音節に己れで酔った。漁火《いさりび》のような蠟燭《ろうそく》の灯は暗夜の海上を漂うごとく、また黄道十二支の惑星間をさまようようで、定海は恍惚《こうこつ》状態に入った。香煙も一種の媚薬《びやく》となる。

シベリアのシャーマニズムでは疾病は悪精霊のなせるわざとしている。あるいは人間の魂魄《こんぱく》は一悪霊によってさらわれ、禁錮《きんこ》されると信じている。それを追い出すには祈り、呪術にもよるが物質を加えることによって駆逐しようとする。いま定海が試みているのは悪霊を獣物の汁によって追い立てようというのである。豚の腐った汁と臭いが定海には和合水を連想させ、この発想となったのである。宗教観念における妄覚は、存在する現実と同一である。

次の日、彼は小瓶と一五ｃｃの注射器を携え、西尾すみ子の亭主の病床に赴《おもむ》いた。注射器はヤスを医療具店に行って買わせたものだ。その日は医者の往診があって一時間後だった。定海は小瓶の黄色い液体を注射器に吸い取り、これは悪霊を逐《お》い出す聖汁だと夫婦にいって、亭主の痩《や》せた腕の静脈をさがした。幸い、医者が一時間前に打った二〇ｃｃの注射針の痕《あと》がある。定海は、その凝血した穴に注射針を突込み、おもむろに聖汁をさし入れた。病人の傍には女房のすみ子しかいなかった。

定海は、これは医者にも余人にもいってはならぬと命じた。医者は呪術師を嫌悪するから、どんな悪宣伝をされるか分らない。また、この和合水のことを信仰の無い者に悟られても所詮《しょせん》はこちらが迷惑するだけだというのである。

亭主は、痛い、痛いと苦しみだした。定海は祈禱し、その苦痛を鎮めにかかった。しかし、苦痛は長かった。

定海が寺に帰って十五時間ばかりすると、西尾すみ子が走りこんで来て、亭主がたった今、息を引きとったと報《し》らせた。医者は急性肺炎だが、直接は急激にきた呼吸困難のためだと診断したという。定海はおどろいたが、すみ子の顔をみつめ、和合水の注射のことは医者にはいわなかったろうな、と念を押した。そんなことだれにもいいまへん、先生にいわれましたさかいにな、と眼を据えて答えた。

医者は、往診のときは何ともなかったのに、ふしぎだというように首をかしげていたが、死亡診断書を書いて、すみ子に渡した。しかし、この医者がこの珍しい病例を県の医師会報に載せたことはだれも知らなかった。一般の眼につかない機関誌である。

半月経って、すみ子が定海のところに現われ、先生、死んだ亭主の生命保険の金が明日とれるよってにいっしょに保険会社に行っておくんなはれ、といって来た。保険会社ではすみ子の亭主の保険加入のときから、その金が教団寄附用で定海が受取人であることを承知していた。金額は七百万円であった。

西尾すみ子は三十五日をすぎると、寺の二階へ長い参籠《さんろう》にやってきた。彼女は先客の川崎とみ子と同じ資格になったのをよろこび、川崎とみ子もまた彼女を歓迎した。

二人の女はこれまでの友情を破壊するようなことはなかった。

一年経ったのち、三谷ひろ子の亭主が死んだ。亭主は、三日前にひろ子につきとばされて庭に落ち、膝《ひざ》の骨を折って寝ていた。道で転んだことにして寝ていたところ、突然肺炎を起したのである。

医者はさすがに不審を起した。万一の場合を考慮し、警察に届出た。これは三谷ひろ子も同意したのだ。警察は病院に死体を運び、行政解剖した。解剖結果では、死因は脂肪栓塞《せんそく》で、他殺の疑いはなかった。川崎とみ子や西尾すみ子とも違う保険会社は三谷ひろ子と契約した通り、一千万円の保険金を律仙教に支払った。会社では教団の基金になるのだと考えていた。

三人の未亡人が二階に同居することになったが、仲のいいことはこれまで通りである。そこに早川信子が参籠にきたが、信子は亭主も子供も家にほうり出してきていた。

早川信子の亭主は家庭電気器具の販売店主だった。仕事が忙しいのに、女房を寺に取られてはたまったものではない。亭主が寺の二階に行くと、女房は友だち二人を自分の部屋に呼んで理趣経十七段の発声稽古《けいこ》をしていた。妙適《みょうてき》清浄《せいせい》句是《くし》菩薩位《ほさい》、よくせんせいせいくしほさい、しょくせいせいくしほさい、あいはくせいせいくしほさい、と十七段全部が終るまで亭主はそこに待っていなければならなかった。女房も、川崎とみ子も西尾すみ子も、じろりと彼に一瞥《いちべつ》をくれただけである。

亭主は、信子に帰ってくれと哀願した。子供が待っている、家が忙しい、と訴えたが、わては信仰のためや、帰られますかいな、と頑《がん》としてきかなかった。ほかの二人も信子に手伝って、そやそや、あんたもう少し辛抱して待ってあげていな、信子はんは大事な大事な信仰の道に入ってまんのやで、この世の中の幸福をきずくために律仙教をひろめなあかん思《おも》て一生懸命にやってはるんやから、あまり邪魔せんといていな、と口添えした。

そんなら、わしの幸福はどないになりますのか、世の中よりわしのほうの幸福を考えてもらわんとあかんわと、亭主が精いっぱいの抗議のつもりでいうと、なにいうてなはる、信仰ちゅうもんはひとりの人間より世の中の多勢の人間の幸福を願うのんが本筋やで、あんたもええ年して、奥さんが少々はなれたぐらいで辛抱できまへんのか、と二人は口を尖《とが》らせた。

早川信子の亭主は、遂《つい》に定海と直接交渉をした。定海は、そら、あんたもお困りやろうけど、なにせ、奥さんが信仰に一生懸命になっておられるので、わしも無理に帰れというわけにはゆかない、といった。

そのいい方がひどく突放したように聞えたので、亭主は、ほなら仕方おまへん、警察に頼みまっさ、と腹立ちまぎれにいった。定海は騒がず、警察は犯罪しか口が出せへんところです、これは犯罪ではありませんよ、奥さんは自発的にここに来て泊っておられるのですよ、わしはなるべく家に帰ったほうがいいとすすめているが、奥さんは動かないのです、誘拐でも監禁でもない、どうして警察が口出しできますか、本人の自由意志ですからな、警察は女がたとえ悲鳴をあげていても、それが夫婦喧嘩《げんか》と分ると手を引くようになっています、まあ、警察などというのはやめなさい、ときびしくいった。

亭主が悄気《しよげ》て泣きそうな顔をしていると、定海は、まあ、よい、わしが奥さんにもう一度すすめてあげると、今度は急にやさしくなった。そして亭主が帰ってから二時間もすると、信子が元気のない顔で家に戻ったのには亭主はおどろきもし、よろこびもした。が、警察という言葉で定海が急に折れたということまでは気がつかなかった。

10

一年ののち、律仙教は発展した。それが使徒たちの努力によることはたしかだが、他の信者の口から口への宣伝が大きかった。とにかく教義が変っている。民衆には理論立った既成の宗教よりも、こうした原始的な宗教に魅力を感じる場合がある。それは宗教を現世利益《げんぜりやく》としてのみ考えるときで、既成のもので効験がはかばかしく現われないときに生じやすい。人間には神秘なるもの、魔力的なものへの憧《あこが》れがあるらしく、奇怪《グロテスク》なものに精霊を見る。淫祠《いんし》邪教と呼ばれるものがあがめられるのは、祖先のシャーマニズムの意識遺伝があるのかもしれない。ことに民間信仰のほとんどが性的崇拝となっている。そして、これらは利益がより直接的で、速く顕《あらわ》れると信じられている。

定海はさらに寺を建立できた。寺院と呼ぶには足りないが、とにかく普通の家屋ではなく、宝形造《ほうぎょうづく》りの建築で、まるで法隆寺の夢殿を思わせた。ここでは本格的に内陣、外陣《げじん》が造られ、厨子《ずし》も天蓋《てんがい》もその他の荘厳具《しょうごんぐ》も立派なものに変えられたが、変らぬのは本尊の弁財天で、これは開教のときから祀《まつ》っているので、今日の隆盛を見るにつけても大事にしなければならなかった。

その本堂のほかに定海夫婦のいる住居、つまり庫裡《くり》が横に付いた細長い建築で、教祖の住居のほかに宿坊の役をする数々の部屋がしつらえられた。参籠はこの密教の大切な行事で、そのために庫裡はひどく大きなものになった。本堂と庫裡の間は渡廊下でつながり、まわりには庭園らしいものもできた。

律仙教の信者の数はふえ、岐阜県だけでなく、愛知、滋賀、富山、石川、静岡、長野の各県にも及んだ。定海は信者数二千人と号したが、実数はまだまだそこまでは及ばなかった。

定海は滅多に普通の信者には会わず、たいていの用事は川崎とみ子と西尾すみ子らが取次をした。理想通り、居処に出入し、辞を伝う、である。もっとも飲食を供するのは多勢の女がいた。

その神秘的存在のためか、信者の間には定海教祖は福徳を与え、疾病を癒《なお》すのみならず、呪い殺すことも自在じゃそうなという噂がひそかに伝わった。呪術の魔力を信じるなら、当然にそうなる。

　さて、その現世利益が福徳を特徴とすると、事業家、投資家に信者ができたとしてもふしぎでなく、律仙教はこの方面にも弘布《ぐふ》の足場を得た。いまのところ、地方の小さな事業家、相場師、水商売の人々であったが、やがてはこれがより大きな地方財界人に注目されるに相違なかった。ほかの例だが、ある地方の銀行頭取は観音信仰が昂じ、その巨像を建立したところ、その融資をうけたい事業家や政治家までが観音詣りをして銀行家を欺《あざむ》き、金を引き出したという噂すらある。そういう地方財閥を握っていれば律仙教も大安心となるのだ。

　が、そのうち、それらしい兆《きざ》しが見えてきた。近県の私営交通会社の社長が夫人の病弱のために入信したいといってきた。川崎とみ子がそれを取次いできた。先生、いよいよ律仙教も運が向いてきましたな、この運を遁《の》がしたらあきまへんぜ、と彼女は定海の膝を搏《う》った。ああ、分っている、いっぺんその社長というのに会ってみようか、と定海がいうまでもなく、川崎とみ子は、その日に私営交通会社の社長を連れてきた。

社長は五十二、三の立派な紳士だったが、定海の前に平伏し、この律仙教に入ると金儲けもできるし、病気のほうも自在にできますのか、とまことに鄭重《ていちょう》に訊《き》いた。金儲けはともかく、病気が自在になるとはおかしな訊き方だが、おおかた病気が自在に癒せることだろうと解釈し、それは信心なされば自在にできます、ただ、いい加減な信仰ではどうにもなりません、とおごそかにいい渡した。そういっておけば、金儲けができないときや、病気が癒せないときは、まだ信仰が足りない、という遁《に》げ道《みち》がある。すると、社長は、先生は絶妙なる祈禱《きとう》をなさるということだが真実か、ときいた。定海は落ちつき、祈禱は密教につきもので、その技が絶妙でのうて何としよう、と長髪の垂れている肩をそびやかした。社長は感激した模様で帰って行ったが、翌日には百万円の包みを持ってきた。

さすがに豪勢だと思っていると、川崎とみ子がこっそりと寄ってきて、先生、実はな、と声をひそめ、あの社長さんは奥さんを早う呪いの祈禱で始末してほしいといやはるんや、なんでもあとに入れたい女子《おなご》はんがいるらしいけど、奥さんは病弱というてもなかなか死ぬ様子もなし、それに先代の家つきの娘やからまだ財産が自分のままにならぬ、社長も女子はんもいらいらして、この先あのままで五年も十年も生きられたら困るのや、と打ちあけていやはった、そんで先生が呪い殺しの祈禱で女房を片づけてくれはったら、一千万円を奉納しよう、これからは律仙教の信徒代表としてお手伝いするし、毎年相当の奉納もする、といやはる、なにせ、こればかりは女房を手にかけるわけにはゆかへん、祈禱にたよるほかはない、祈禱で死んだとしても犯罪にはならへんから大助かりやといやはるんや、と川崎とみ子は熱心に取次ぎ、先生、なんとかしてあげなはれや、と口説いた。

定海は、それで社長が病気が自在になるのか、といった意味が分った。いきなり百万円を包んできた理由も諒解《りょうかい》できた。だが、呪殺の祈禱などができる自信はさらになく、噂は噂として放っておけば神秘性は増すとしても、いざその効力を実行せよといわれても能力のないことは分っていた。おれにはようできんな、万一、やり損って、その奥さんが長生きでもしてみろ、社長に対してわしの体面はなくなるし、わしも自分の魔力に自信がなくなってくる、と腕を組んだ。

川崎とみ子は、先生、あの方法でやんなはれ、ほら和合水を注射するんや、あれやったら間違いなしですやろ、と妙な笑い方をした。定海は愕然《がくぜん》として、この女、西尾すみ子の亭主の死因を知っているのか、と顔が白くなった。川崎とみ子は油断のならない女だ。西尾すみ子から聞いて察したのだろう。しかし、あの場合はまったく知らずにやったことで、まさか急性肺炎を起して死ぬとは思わなかった。だが、急激な呼吸困難とはどういうことか。豚汁の注射も変った症状を起すものだ。今度はどういうことになるのか。

私営交通会社の社長夫人は急性肺炎で死んだ。持病は胃《い》潰瘍《かいよう》なのにふしぎなことだった。病人は手術を嫌い、もっぱら内科的治療だった。かかりつけの医者が隔日に来ては栄養剤の注射をしていた。その医者が帰ってから二十時間ぐらいして当人は死亡した。

医者は主人に様子を聞いた。医者が帰ってから三十分ばかりして主人が病気快癒のために岐阜のほうから律仙教の教祖を呼び、枕もとで祈禱をしてもらったというのである。そのときだれか傍に家族の者が付いていたかと医者がきくと、祈禱は本人だけで、余人がその場にいては困るというので、自分も、家族も、いなかったと述べた。医者が不審に思って、死者の身体をあらためたが、何の工作のあとも見えなかった。ただ、医者自身が二十時間前にした左腕の静脈に注射の痕《あと》があるだけだった。少しその痕が大きい、つまり、血管に針が突きささらなかったとき、もう一度やり直したときの状態と似ているが、あのときは一度で静脈に針が入ったから、こういう大きさにはならなかったと思うが、記憶違いかな、と思い直した。自分の落度とならないために一応解剖に付したいと医者が主人に申し出ると、主人は快諾した。その顔は少しも嫌がるところがなく、むしろどこか明るい表情であった。

解剖の結果、直接の死因は急性肺炎であったが、顕微鏡で精査すると肺、腎臓《じんぞう》、脳などに脂肪栓塞《せんそく》に似た所見があった。脂肪栓塞は骨折の場合によく起るが、この死者にはそんなことはありようはなかった。

解剖医が閉じようとしたとき、主治医の頭に閃《ひらめ》いたものがあった。それは二年前、岐阜県の医師会報に載っていた報告で、洋服の仕立屋を営む四十二歳の男が、肝臓障害で寝ていたのに、自分の栄養剤の注射後十五時間ぐらいして突如急性肺炎を起し、たちまち呼吸困難に陥って死んだという記事のあったことだった。報告書は今までに経験しなかったことだといってふしぎがっていた。主治医は死者の腕に残った注射の痕の大きさが記憶と違うことも思い当った。

あの注射痕があとからもう一度脂肪滴を注射したのだとすれば、すべては符合する。脂肪栓塞は肺臓や腎臓にも起れば、脳にも起る。肺炎はきわめて起りやすい。普通、骨折によく起るが、骨折の原因や状況に不審がなければ、解剖医は問題にしない。

しかし、これには別な輪《リング》があった。報告例のものも、この社長夫人の場合も、医師が栄養剤の静脈注射をしたあと、必ず律仙教の教祖が来ていることだった。この医師はこれを警察に通知した。しかし、医師も警察も、その脂肪滴の性質が香《こう》清《せい》浄《せい》句《く》是《し》菩《ほ》薩《さ》位《い》の聖汁に関係があるとは知らぬ。

――附記。「理趣経。十七清浄句」の訳文は村岡空氏「人間はいかに死ぬべきか」に拠った。

作者

解説

郷原宏

昭和二十八年（一九五三）十二月、松本清張は朝日新聞社西部本社から東京本社への転勤に伴って、家族を小倉に残したまま単身上京した。このとき清張は四十四歳。広告部意匠係主任という肩書の上に、「或る『小倉日記』伝」で第二十八回芥川賞を受賞した新進作家という称号が加わっていた。

最初は杉並区荻窪《おぎくぼ》の叔母《おば》（父の弟の未亡人）田中柳宅に寄留し、さらに従妹《いとこ》（叔母の次女）の嫁ぎ先である赤城家に下宿した。当時の東京は住宅難で、地方から上京した者は、このように親戚《しんせき》や知人の家に間借りするケースが多かった。この荻窪の家は、のちに『球形の荒野』のヒロイン芦村節子の叔母の家として、次のように形象化される。

《叔母の家は、杉並の奥の方にあった。そこは、まだ、武蔵野の名残りの櫟林《くぬぎばやし》があった。近くには、或る旧貴族の別荘がある。その邸《やしき》は、殆《ほとん》ど、林の中に包まれていた》

翌二十九年（一九五四）七月、清張は練馬《ねりま》区関町一丁目に一軒家を借り、小倉から家族を呼び寄せた。六畳と四畳半二間の家に一家八人が起居するという生活だったが、このころから創作活動は完全に軌道に乗り、つねに締め切りに追われるようになる。そのため三十一年（一九五六）五月末に朝日新聞社を依願退職し、文筆専業の生活に踏み切った。

三十二年（一九五七）二月、同じ練馬区の上石神井《かみしゃくじい》一丁目に木造二階建ての家を新築して移住した。作家を文字通り「家を作る」人と解するなら、清張はこのとき名実ともに作家になったのだといえる。事実、清張はこの年、短編集『顔』で日本探偵作家クラブ賞（現在の推理作家協会賞）を受賞したほか、『点と線』『眼の壁』『無宿人別帳』を連載するなど、作家としての最盛期を迎えようとしていた。

　執筆の合間には、運動不足解消のためによく近所を散歩した。ときには電車に乗って西郊の多摩地区まで足を延ばすこともあった。当時の練馬や多摩はまだ武蔵野の面影を残す田園地帯で、垂直に空に伸びる雑木林の美しさが九州育ちの清張を驚かせた。

《ケヤキ、クヌギ、ナラ、スギ、ヒノキといった植物は、横にひろがらずに空に向かって直立している。これが視覚的に大へんきれいだった。九州の林は、南国的というか、横に枝を繁らせる。そのため見た目に煩雑なのだが、武蔵野の林は、広い横の地平線に縦の線を描くので、すっきりとしている》

《古くから残っている農家は、大ていカヤぶきである。道はひっそりとして人通りもない。

こういう風景は、小金井あたりの五日市街道、田無から所沢に向かう街道に多い》（随筆「移りゆく武蔵野」）

三十六年（一九六一）五月に発表された国税庁の高額所得者番付で、清張は初めて作家部門の第一位に躍り出た。そしてこの年九月、杉並区上高井戸×丁目（のちに地番変更で高井戸東×丁目）に豪邸を建てて移り住んだ。『昭和史発掘』以下のノンフィクション、『古代史疑』以下の古代史論はこの家で書かれ、創価学会の池田大作会長と日本共産党の宮本顕治委員長の歴史的な会談もここでおこなわれた。清張の終《つい》の棲家《すみか》となったこの邸宅の一部は、北九州市立松本清張記念館に移築再現されている。

こうして清張は上京以来ちょうど四十年間、東京西郊の新興住宅地である杉並区と練馬区に居住し、武蔵野の面影を残す自然環境に親しんだ。それはおそらく上京当初の寄留先が荻窪にあったという偶然の事情によるものだろうが、その偶然がある意味では清張文学の視点と方向を決定することになった。

ファンならよくご存じのように、清張ミステリーの登場人物の多くは、中央線や西武線の沿線に住み、都心のオフィスに通勤している。すなわち彼らは、中央線の荻窪や西武新宿線の武《む》蔵関《さしせき》から有楽町の新聞社に通勤していた、かつての清張の同類だといっていい。事件そのものは職場の人間関係に起因することが多いが、死体はかならずといっていいほど多摩地区の雑木林や河川敷で発見される。また一部の時代小説を別にすれば、隅田川以東の町を舞台にした作品は見当たらない。

清張が登場した昭和三十年代は、「もはや戦後ではない」という『経済白書』の一節を合い言葉に、経済の高度成長がスタートした時代である。経済成長は大量のサラリーマンを生み出し、宅地開発の波が郊外に押し寄せた。こうして「お家がだんだん遠く」なった通勤族は、自分たちにふさわしい新しい表現とメディアを求め、空前の週刊誌ブームが到来した。この時期に相次いで創刊された出版社系の週刊誌は、ニュース中心の新聞社系に対して「ヒューマン・インタレスト」を強調し、インサイド・ストーリーと連載小説に力を入れた。

清張はこのような時代の要請に応《こた》えて登場し、中流以下のサラリーマン層の意識を代弁することによって時代の寵児《ちょうじ》となった。そして「ポスト清張」と呼ばれる新しい文学とジャーナリズムのエポックを切り拓《ひら》いた。その意味で、清張を清張たらしめたのは、なによりもまず昭和三十年代という時代の熱気だったということができる。

清張と時代のこうした相関をさぐるために、われわれは面倒な論証を必要としない。この時代の痴情事件簿ともいうべき本書『三面記事の男と女』を読んでみるだけで十分である。ちなみに「三面記事」とは、新聞が四ページ建てだった時代の第三面（社会面）に掲載された記事のこと。昭和三十年代の日刊紙はすでに十六ページから二十ページ建てになっていたが、社会面はなお「三面」と呼ばれていた。この書名は社会派の始祖清張の短編集にふさわしいネーミングといえる。

「たづたづし」は「小説新潮」の昭和三十八年（一九六三）五月号に発表された。不倫殺人（未遂）と記憶喪失をテーマにしたロマンティック・サスペンスの名作である。題名は万葉の古歌「夕闇は路たづたづし月待ちて行かせわが背子その間にも見む」から採られている。このとき清張はすでに高井戸に移っていたが、物語の舞台は明らかに石神井の周辺である。

《……女の家を出ると、夜の田園が展がっている。月の晩は、蒼白い光が一面の畑を濡らし、遠くの森や木立が白い靄にぼやけた。樹も葉も光って、野菜の上にもその明るさが溜っていた。昼間見ると、きっと汚いであろう場所も、月光にきれいに霞んでいるのだった。

満月が近づくにつれて光はいよいよ強く、木立の影はいよいよ濃い。往還に出るまでかなり長い防風林の径《こみち》を行くと、その先にまた月の光が落ちている。木《こ》の下闇を抜けたり、月の下に出たり、また木立の陰を歩いたりすると、わが身がこの世のものとも思えぬくらい現実ばなれがした》

武蔵野の名残の自然を叙して、これは国木田独歩の『武蔵野』や大岡昇平の『武蔵野夫人』に優《まさ》るとも劣らない名文である。清張ミステリーといえば、その社会性のみが注目されがちだが、社会派の巨匠はまた叙景の名手でもあった。この作品は清張のその二つの側面が理想的に融合した短編のひとつである。

「危険な斜面」は、本書収録作品のなかでは最も早く、「オール讀物」の昭和三十四年（一九五九）二月号に発表された。サラリーマンの出世欲が招いた殺人と死体隠蔽《いんぺい》工作をアリバイ崩しの手法で描いた短編推理の秀作である。清張はこのように犯行の動機と社会的背景を犯罪者の心理に即してリアルに描き出すことによって、社会派ミステリーという独自のスタイルを作り上げた。それ以後、ポケットからいきなり事件解決のカギを取り出して読者を煙《けむ》に巻くような天才型の名探偵は姿を消し、われわれと等身大の人物が物語の主役をつとめるようになった。この作品はその社会派ミステリーが達成した至高点のひとつを示している。

「記念に」は連作「隠花の飾り」の第八話として「小説新潮」の昭和五十三年（一九七八）十月号に発表された。本書収録の五作品のなかでは最も遅く、清張六十八歳の作品である。まさに「三面記事」を地でいく痴情サスペンスだが、結末の意外性に清張ならではのキレとコクがあって、何度読んでも楽しめる。

「不在宴会」は連作「死の枝」の第十話として「小説新潮」の昭和四十二年（一九六七）十一月号に発表された。中央官庁のエリート官僚が思わぬことから事件に巻き込まれ、保身に走って自ら墓穴を掘るという皮肉の効いたミステリーである。清張ミステリーに登場するエリート官僚は、出世のためには手段を選ばない冷酷なエゴイストばかりだが、この主人公だけはどこか間が抜けていて憎めない。

「密宗律仙教」は「オール讀物」の昭和四十五年（一九七〇）二月号に発表された。あやしげな新興宗教の成立と発展の過程をインサイド・ストーリー風に描いた社会派ミステリーの力作である。清張はつねに新興宗教に対する関心を持ちつづけた作家で、「粗い網版」「神の里事件」『隠花平原』『神々の乱心』など、同じテーマを扱った作品が多い。そしてそれらの作品はいずれもオウム真理教事件を予告しているように感じられる。

清張ミステリーは時代を映す「紙の鏡」である。それは「三面記事」の向こうに時代の深層を映し出すだけでなく、来るべき時代の貌《かお》を読者に予告してみせる。

「清張の時代」は、まだ終わっていない。

初出一覧

たづたづし	「小説新潮」	1963（昭和38年）・5
危険な斜面	「オール讀物」	1959（昭和34年）・2
記念に	「小説新潮」	1978（昭和53年）・10
不在宴会	「小説新潮」	1967（昭和42年）・11
密宗律仙教	「オール讀物」	1970（昭和45年）・2

本書は、昭和30〜40年代作品群から、当時の愛憎をテーマに5作品を選び、新たなタイトルを付けたオリジナル文庫です。

三《さん》面《めん》記《き》事《じ》の男《おとこ》と女《おんな》

松《まつ》本《もと》清《せい》張《ちよう》

平成19年 2月25日　初版発行
令和6年 12月15日　16版発行

発行者●山下直久

発行●株式会社KADOKAWA
〒102-8177　東京都千代田区富士見2-13-3
電話　0570-002-301(ナビダイヤル)

角川文庫 14582

印刷所●株式会社KADOKAWA
製本所●株式会社KADOKAWA

表紙画●和田三造

●お問い合わせ
https://www.kadokawa.co.jp/（「お問い合わせ」へお進みください）
※内容によっては、お答えできない場合があります。
※サポートは日本国内のみとさせていただきます。
※Japanese text only

ISBN978-4-04-122760-2　C0193

◆◇◇

角川文庫発刊に際して

角川源義

第二次世界大戦の敗北は、軍事力の敗北であった以上に、私たちの若い文化力の敗退であった。私たちの文化が戦争に対して如何に無力であり、単なるあだ花に過ぎなかったかを、私たちは身を以て体験し痛感した。西洋近代文化の摂取にとって、明治以後八十年の歳月は決して短かすぎたとは言えない。にもかかわらず、近代文化の伝統を確立し、自由な批判と柔軟な良識に富む文化層として自らを形成することに私たちは失敗して来た。そしてこれは、各層への文化の普及滲透を任務とする出版人の責任でもあった。

一九四五年以来、私たちは再び振出しに戻り、第一歩から踏み出すことを余儀なくされた。これは大きな不幸ではあるが、反面、これまでの混沌・未熟・歪曲の中にあった我が国の文化に秩序と確たる基礎を齎らすためには絶好の機会でもある。角川書店は、このような祖国の文化的危機にあたり、微力をも顧みず再建の礎石たるべき抱負と決意とをもって出発したが、ここに創立以来の念願を果すべく角川文庫を発刊する。これまで刊行されたあらゆる全集叢書文庫類の長所と短所とを検討し、古今東西の不朽の典籍を、良心的編集のもとに、廉価に、そして書架にふさわしい美本として、多くのひとびとに提供しようとする。しかし私たちは徒らに百科全書的な知識のジレッタントを作ることを目的とせず、あくまで祖国の文化に秩序と再建への道を示し、この文庫を角川書店の栄ある事業として、今後永久に継続発展せしめ、学芸と教養との殿堂として大成せんことを期したい。多くの読書子の愛情ある忠言と支持とによって、この希望と抱負とを完遂せしめられんことを願う。

一九四九年五月三日

角川文庫ベストセラー

顔・白い闇　松本清張

有名になる幸運は破滅への道でもあった。役者が抱える過去の秘密を描く「顔」、出張先から戻らぬ夫の思いがけない裏切り話に潜む罠を描く「白い闇」の他、「張込み」「声」「地方紙を買う女」の計5編を収録。

小説帝銀事件　新装版　松本清張

占領下の昭和23年1月26日、豊島区の帝国銀行で発生した毒殺強盗事件。捜査本部は旧軍関係者を疑うが、画家・平沢貞通に自白だけで死刑判決が下る。昭和史の闇に挑んだ清張史観の出発点となった記念碑的名作。

山峡の章　松本清張

昌子は九州旅行で知り合ったエリート官僚の堀沢と結婚したが、平穏で空虚な日々ののちに妹伶子と夫の失踪が起こる。死体で発見された二人は果たして不倫だったのか。若手官僚の死の謎に秘められた国際的陰謀。

水の炎　松本清張

東都相互銀行の若手常務で野心家の夫、塩川弘治との結婚生活に心満たされぬ信子は、独身助教授の浅野を知る。彼女の知的美しさに心惹かれ、愛を告白する浅野。美しい人妻の心の遍歴を描く長編サスペンス。

死の発送　新装版　松本清張

東北本線・五百川駅近くで死体入りトランクが発見された。被害者は東京の三流新聞編集長・山崎。しかし東京・田端駅からトランクを発送したのも山崎自身だった。競馬界を舞台に描く巨匠の本格長編推理小説。